D0766234

LA DAME DE PIQUE

suivi de

RÉCITS DE FEU IVAN PETROVITCH BELKINE

Collection dirigée par Michel Zink et Michel Jarrety

POUCHKINE

La Dame de pique

suivi de

Récits de feu Ivan Petrovitch Belkine

COMMENTAIRES ET NOTES DE JEAN-LOUIS BACKÈS

Traduction nouvelle par Dimitri Sesemann

LE LIVRE DE POCHE
classique

Ancien élève de l'École normale supérieure et agrégé de russe, Jean-Louis Backès est professeur à la Sorbonne. Parmi d'autres ouvrages, il a consacré deux livres à Pouchkine et publié en 1996 *La Littérature européenne* chez Belin. Il a récemment procuré au Livre de Poche, en collaboration avec Sylvie Thorel-Cailleteau, l'édition des *Nouvelles de Pétersbourg* de Gogol.

© Librairie Générale Française, 1989, pour la traduction, 1999, pour la préface, les commentaires et les notes.

LA PASSION DE CONTER

Pouchkine n'a jamais cessé de conter des histoires. On dirait que rien ne l'intéresse autant dans le métier d'écrivain. La musique des vers l'enchante ; il ne répugne pas à faire entendre quelques vérités. Mais, plus que tout, il aime évoquer des personnages, faire revivre des événements, construire des scènes et des intrigues. Dans les dernières années de sa vie trop brève, il souhaite se consacrer à un travail plus sûr que la fiction ; il pense à faire des livres sans avoir à se soumettre aux caprices de la muse. Il se lance alors dans un travail d'historien, compulse les archives, prend des masses de notes, étudie à fond l'insurrection de Pougatchov ou le règne de Pierre le Grand, pour pouvoir les raconter.

Du poète au prosateur

Sa première publication avait été un récit héroï-comique : *Rouslan et Ludmila*, paru dans les derniers jours de juillet 1820, à Pétersbourg, alors qu'une décision politique venait de l'expédier dans une lointaine province parce qu'on le jugeait trop remuant. *Rouslan et Ludmila* raconte, au grand galop, des aventures merveilleuses : méfaits d'enchanteurs, prodiges et sortilèges, enlèvements magiques, voyages sur un cheval volant, batailles avec des monstres, grands coups d'épée et fabuleux banquets, le tout dans un univers médiéval qui se veut russe, mais n'en relève pas moins de la fantaisie la plus libre.

Puis c'est à travers des récits que Pouchkine revit

ses malheurs d'exilé. Non seulement *Le Prisonnier du Caucase* ou *Les Tsiganes* évoquent des lieux qu'il a vus depuis qu'il a quitté la capitale, mais encore ils ont chacun pour héros un personnage qui s'est trouvé diverses raisons de rompre avec la vie des villes. Ce personnage a un passé ; il sème le malheur sur ses pas. Il est le héros de sombres aventures.

Ces récits sont évidemment en vers. En vers également, le roman que Pouchkine commence en 1822, qu'il n'achèvera qu'après 1830 : il s'agit bien d'un roman ; le poète tient à ce mot. Mais c'est un « roman en vers ». Dans la lettre où elle figure, cette expression est suivie d'une remarque : « diabolique différence [1] ».

Faut-il comprendre que Pouchkine n'entend pas renoncer au vers, que le roman ne lui agrée que s'il est rigoureusement rythmé et rigoureusement rimé ? N'en croyons rien. C'est dans *Eugène Onéguine* qu'on lit :

> L'âge me pousse vers la prose,
> L'âge chasse la folle rime. [...]
> Est-il vrai qu'en réalité
> Sans simagrées, sans élégies,
> Mon printemps a pris sa volée ?
> (Je l'ai dit, mais c'était pour rire.)
> Est-ce vrai ? Il a disparu.
> Est-ce vrai ? J'ai presque trente ans.

Ces vers se trouvent dans le sixième chapitre, publié en mars 1828. Le roman en vers est encore inachevé. Mais Pouchkine a déjà commencé à écrire *Le Nègre de Pierre le Grand*, qui est l'histoire romancée d'un de ses ancêtres. Cette fois, il se sert de la prose. Il n'achèvera jamais cet ouvrage, dont les sept premiers chapitres, les seuls qui aient été rédigés, ne seront publiés qu'après sa mort.

La tentative n'est pas isolée. On connaît un *Roman*

---

1. Lettre à Viazemski, 4 novembre 1823. Pouchkine, *Œuvres complètes*, publiées par André Meynieux, Lausanne, L'Âge d'homme, 1973, tome III, p. 77.

par lettres, commencé en 1829 et demeuré lui aussi inachevé.

Un prosateur masqué

Enfin, en octobre 1831, paraissent les *Récits de feu Ivan Petrovitch Belkine édités par A.P.* Le nom de l'auteur — on le voit — n'est pas clairement indiqué. « A.P. » ne serait que celui qui s'est chargé de publier un texte dont il est supposé n'avoir pas écrit une ligne. Aussi ne fait-il figurer que ses initiales, au risque de n'être pas reconnu : s'agit-il vraiment d'Alexandre Pouchkine ? On va plus loin encore dans le jeu des masques : le brave Ivan Petrovitch Belkine lui-même n'aurait fait que mettre par écrit des récits qu'il a ouï conter à diverses personnes.

Pourquoi tant de précautions ?

On pourrait invoquer le plaisir de la fiction. Pouchkine ne se contente pas de narrer cinq histoires ; il invente sept personnages supplémentaires. Quatre d'entre eux ne seront jamais que des silhouettes : leur nom est réduit à des initiales et l'on n'apprend que peu de chose sur leur position dans la société. Ce sont les informateurs d'Ivan Petrovitch, les conteurs supposés des cinq histoires. Ivan Petrovitch, pour sa part, est pourvu d'une biographie nettement plus détaillée. Cette biographie est racontée par un grave personnage, anonyme, un ami de la famille, qui se met lui-même en scène dans la lettre qu'il écrit à l'éditeur. Ajoutons que, si l'éditeur s'est adressé à cet ami, c'est sur la recommandation d'une certaine Maria Alexeïevna Trafilina, « proche parente et héritière d'Ivan Petrovitch Belkine ». On raconte, très vite naturellement, les discussions entre cette dame, l'éditeur, le personnage qu'elle a recommandé. La notice intitulée « Avertissement de l'éditeur » est déjà une narration, et la source possible de narrations nouvelles.

On peut rappeler que, dans *Eugène Onéguine*, Pouchkine ne s'était pas contenté de raconter les aventures de son héros. Par un mouvement inverse de celui qui le transforme en éditeur de Belkine, il s'était introduit lui-même, avec son propre caractère, sa propre biographie, dans l'histoire qu'il avait inventée. Pouchkine était l'ami d'Eugène, et la toute fictive Tatiana, dont Eugène sera trop tard épris, rencontrait dans un salon le prince Viazemski, poète des plus réels et véritable ami de l'auteur. La réalité n'est pas moins objet de conte que la fiction.

« *J'ai voulu essayer si...* »

La fureur de raconter n'implique nullement le refus de réfléchir à l'art du conteur. Rien n'est plus concerté peut-être que le recueil des *Récits de Belkine*. Ces cinq contes — admettons que, malgré tout, l'avertissement n'est pas un conte — représentent cinq types de narration tout à fait différents les uns des autres. On pourrait avoir l'impression que Pouchkine a très consciemment cherché à faire des exercices sur des sujets divers.

Cette hypothèse demeure invérifiable. On peut invoquer deux faits qui serviraient, l'un à l'établir, l'autre à l'infirmer.

Le premier fait est bien connu : les *Récits de Belkine* ont été écrits très vite, peut-être à raison d'un par jour, au cours du célèbre automne de Boldino. On sait que, pendant les mois de septembre, d'octobre et de novembre de l'année 1830, Pouchkine, qui, avant son mariage, était allé régler quelques affaires dans un domaine appartenant à sa famille, s'est trouvé immobilisé par les mesures de protection prises par une administration vigilante à l'occasion d'une grave épidémie de choléra. Le poète, libre de toute obligation sociale, a travaillé alors comme il n'avait pas réussi à le faire depuis longtemps, peut-être depuis qu'en 1826 il avait été autorisé à quitter la province et à revenir dans les capitales. La liste des œuvres qu'il a composées en quelques semaines est impressionnante. Les *Récits de Belkine* n'en représentent qu'une petite partie.

Le second fait est plus difficile à cerner. Il semble bien que le poète avait eu le loisir de réfléchir à ses récits bien avant que les hasards de l'histoire ne l'enferment dans ce petit village de Boldino, à quelque distance de Nijni-Novgorod. Avait-il, comme on l'a soutenu, déjà prévu en détail l'organisation de ce cycle de nouvelles dès l'été 1829 ? Il est difficile de savoir jusqu'où il était allé dans la maturation de son projet. Mais, pour d'autres œuvres écrites dans le même temps, on a la preuve que Pouchkine y pensait depuis plusieurs années. En va-t-il de même pour les *Récits de Belkine* ? On peut le croire.

Mais c'est à la critique interne qu'il faut recourir pour montrer, si l'on souhaite être convaincant, que tout se passe comme si Pouchkine avait consciemment cherché à explorer des voies aussi diverses que possible dans un genre nouveau pour lui.

L'idée n'a rien d'extravagant quand on connaît Pouchkine. Le poète russe aurait pu faire sienne cette expression si fréquente sous la plume de Racine : « J'ai voulu essayer si... » Il l'aurait pu à plus juste titre encore, car le champ qu'il a sillonné est infiniment plus vaste.

Au plaisir de la nouveauté se joint chez lui le sentiment d'un devoir : celui d'ouvrir à la littérature russe des voies inconnues jusqu'alors. Pouchkine n'a pas créé la littérature russe *ex nihilo* comme le laissent entendre certains critiques occidentaux, insuffisamment informés et victimes des métaphores grandiloquentes dont sont parsemés les panégyriques. Lorsqu'il a commencé à publier, il avait pu lire des poèmes, des comédies, des ouvrages d'histoire, des romans qui avaient vu le jour en nombre important au cours du demi-siècle qui venait de s'écouler. Mal connus en Occident, les noms de Fonvizine, de Derjavine, de Krylov, de Karamzine, de Joukovski méritent de n'être pas oubliés. Les fables de Krylov ont en Russie, encore aujourd'hui, le même éclat que chez nous les fables de La Fontaine.

Pouchkine n'a jamais songé à renier ces grands aînés. Quand il parle de la misère de la littérature russe, il pense moins aux œuvres qu'à la vie littéraire. Certes, il existe des revues ; mais leur niveau lui paraît lamentable : le petit monde des gens de lettres s'épuise en mesquines querelles de clocher au lieu de songer sérieusement à l'éducation du public. C'est ce souci, l'éducation du public, assez caractéristique de l'époque des Lumières, qui mène Pouchkine à lancer, en 1836, sa propre revue, *Le Contemporain*.

Voilà dans quel cadre il faut replacer l'expérimentation de Pouchkine, si on veut en saisir la dimension nationale. À l'inventivité qui caractérise tout vrai créateur, Pouchkine joint le souci d'échapper à deux défauts auxquels succombent les gens de lettres de son pays : l'imitation irréfléchie de formes éprouvées, le plus souvent d'origine étrangère ; et la facile satisfaction qui fait déclarer de toute œuvre, pourvu que l'auteur écrive en russe, qu'elle « fait honneur à notre patrie et à notre littérature ».

Admettons que le souci de fabriquer des modèles nouveaux et de se libérer de routines déjà établies a servi d'aiguillon à son imagination, comme si elle en avait eu besoin.

Une prodigieuse variété

L'imagination de Pouchkine se déchaîne aussi bien quand il est question d'inventer des formes que lorsqu'il s'agit de raconter des histoires.

Son œuvre proprement lyrique, à une époque où la vieille notion de genre poétique n'avait pas encore disparu, parcourt une large gamme de possibilités, depuis l'épître et l'élégie jusqu'à l'épigramme, sans oublier l'ode, l'idylle et la chanson. Le poète s'est assez vite lassé de ces conventions d'un autre âge, et les pédants classiques seraient bien empêchés de classer dans leurs tiroirs la plupart des poèmes qu'il écrit dès le début des années vingt. Mais il n'a pas pour autant renoncé à la variété, qui apparaît par exemple dans la technique du vers : vers classique, vers mesuré à l'antique, vers libre de la tradition populaire, il a tout essayé. Vers 1830, il découvre le sonnet ; un peu plus tard, il compose en *terza rima* à la manière de Dante. Beaucoup plus tôt, il a rencontré la ballade comme on l'entend à son époque : poème narratif de style populaire. Il ne cesse d'en composer, dans tous les mètres et dans tous les styles. Pouvait-il laisser échapper une si merveilleuse occasion de conter des histoires ?

L'usage russe distingue « poème » et « poésie », oppose aux « poésies » brèves, plus nettement lyriques, les « poèmes » plus longs, qui s'organisent autour d'un récit. *Le Prisonnier du Caucase* et *Les Tsiganes* ne sont pas les seuls « poèmes » que Pouchkine ait composés. Il faudrait évoquer aussi *La Fontaine de Bakhtchisaraï, Les Frères Brigands, Poltava, La Petite Maison de Kolomna*, ne serait-ce que pour suggérer l'extraordinaire diversité que recouvre une dénomination unique : une tragédie dans un harem, une aventure de bagnards, une fresque historique, une anecdote si mince qu'elle semble se moquer du monde.

Mais pendant qu'il compose des poésies lyriques, des ballades, des poèmes narratifs, un roman en vers, Pouchkine s'essaie aussi au théâtre. On songe à son *Boris Godounov*, « tragédie romantique », chronique historique à la Shakespeare, où se mêlent tous les tons, du sublime au trivial, où la prose rencontre le vers, où l'on parle français et même allemand au milieu du russe. On songe aussi à ces « petites tragédies » écrites à Boldino dans les mêmes conditions que les *Récits de Belkine*.

Cette curieuse expression, « petites tragédies », se lit dans une lettre à un ami, écrite juste après le séjour à Boldino [1]. Elle contraste assez vivement avec la formule « tragédie romantique », que l'on rencontre dans

---

1. Lettre à Pletnev, 9 décembre 1830. Pouchkine, *Œuvres complètes*, tome III, p. 353.

une lettre bien antérieure[1]. Mais il ne faut voir là aucune contradiction. Pouchkine n'a cessé de parler de *Boris Godounov* comme d'une « tragédie », et n'a jamais songé à renier cette œuvre. Les petites tragédies sont une tentative dans un autre genre. Le *Don Juan* compte seulement quatre scènes ; à la représentation, il occupe moins d'une heure[2].

Formes brèves

On est frappé par le goût de Pouchkine pour les petites formes. Si *Don Juan* est une petite tragédie, *Poltava* est une petite épopée, tel poème de huit vers est une petite élégie. Il serait intéressant de voir comment, dans le cadre toujours problématique d'une théorie des genres littéraires, on pourrait, sur le modèle de l'expression « petite tragédie », multiplier les caractérisations nouvelles.

La question se pose de savoir à quelles conditions les *Récits de Belkine* pourraient être présentés comme de petits romans, comme des romans en miniature. Le mot qui les désigne en russe, et qu'il est judicieux de traduire par « récit », a, plus tard, dans l'histoire de la langue, servi à désigner un texte narratif d'une certaine longueur, intermédiaire entre ce que, en France, nous appelons « roman » et ce que nous appelons « nouvelle ».

On observera que ces récits, s'ils mettent en scène un nombre réduit de personnages, ne lésinent pas en général sur les événements. L'intrigue est souvent assez complexe ; la narration avance tambour battant. L'écrivain ne perd pas de temps en descriptions, limite au minimum ses propres interventions, reproduit les

---

1. Lettre à Viazemski, novembre 1825. Pouchkine, *Œuvres complètes*, tome III, p. 156.   **2.** La pièce porte habituellement un titre rendu en français, selon les traducteurs, par : *L'Invité de pierre* ou *Le Convive de pierre* ; mais, dans la lettre citée plus haut, Pouchkine, en énumérant les textes qu'il a composés à Boldino, parle de *Don Juan.*

dialogues en les concentrant à l'extrême. La fin de *La Tempête de neige*, récit qui rappelle par son ton et par les méandres de son intrigue nombre de romans sentimentaux à la mode au début du XIXe siècle, est assez caractéristique du mode de rédaction adopté par Pouchkine : « Bourmine pâlit... et se jeta à ses pieds... »

Les points de suspension, qui dans la littérature sentimentale servent plutôt à prolonger des discours déjà longs et filandreux, jouent ici le rôle inverse : à eux tout seuls ils remplacent de longues effusions et les commentaires émus d'un auteur enfin soulagé.

Pour qui n'aurait pas exactement compris, le dernier récit du recueil, *La Demoiselle paysanne*, se termine par cette remarque nette : « Le lecteur m'épargnera, je pense, l'inutile devoir de lui conter le dénouement. »

Conter est une excellente chose. Mais il faut conter vite. Pouchkine n'aime pas s'attarder, et il lui semble que la prose est moins encore que la poésie le lieu où l'on peut prendre son temps.

« La justesse et la brièveté, voilà les qualités essentielles de la prose. Il y faut des idées et des idées, sans quoi les plus brillantes expressions n'ont aucun sens. » Pouchkine notait cette phrase en 1822, à une époque où il ne savait peut-être pas qu'il écrirait un jour des récits et des romans, pour ne rien dire de sa prose critique.

Le fantastique

Il n'est pas indifférent que *Le Marchand de cercueils* mette en scène, à côté de ce brave artisan russe qu'est Adrian Prokhorov, un honnête cordonnier allemand, Gottlieb Schultz. Certes les Allemands étaient nombreux en Russie, et particulièrement à Pétersbourg. Les railleries dont on accable leur sens de l'économie, leur imperturbable sérieux, leur amour de la discipline, sont un des ponts aux ânes de la littérature russe. On les trouve chez Gogol et chez Dostoïevski, pour ne citer que les plus grands. La première page de *La*

Dame de pique en contient une, légère, mais dépourvue d'originalité : « Hermann est allemand, il sait compter, voilà tout », dit un personnage.

La présence d'un Allemand dans *Le Marchand de cercueils* n'est peut-être pas seulement une concession à cette collection d'opinions toutes faites qu'on appelle le réalisme. On serait tenté d'y deviner aussi un geste d'hommage à E.T.A. Hoffmann, dont plusieurs contes viennent de paraître à grand fracas en traduction française. Le fantastique connaît alors une grande vogue en Russie comme en France.

À quelques années près, *La Dame de pique* est contemporaine des récits de Nicolas Gogol — qu'ils aient pour cadre la campagne ukrainienne (*Vyi*) ou les rues de Pétersbourg (*Le Nez*, *Le Portrait*) —, des nouvelles de Mérimée (*Les Âmes du purgatoire*, *La Vénus d'Ille*), de Théophile Gautier (*Omphale*, *La Morte amoureuse*). Tous ces auteurs, notons-le, sont un peu plus jeunes que Pouchkine.

Comme les *Récits de Belkine*, *La Dame de pique* a vu le jour à Boldino, mais plus tard, en octobre 1833. Ce même automne, au même lieu, Pouchkine compose un « poème » (au sens russe du mot), *Le Cavalier de bronze*, où il raconte l'histoire d'un malheureux qui, toute une nuit, a couru à travers Pétersbourg, poursuivi par la statue de Pierre le Grand.

On a voulu, avec les meilleures raisons du monde, limiter le sens du mot « fantastique », le distinguer du mot « merveilleux », définir avec précision la part d'invraisemblable qui doit s'y trouver. Il ne faudrait pas que ces scrupules légitimes fassent oublier un fait : à l'époque de Pouchkine, le mot est employé avec une extrême liberté. Si l'on devait prendre au pied de la lettre les propositions de Charles Nodier, qui passe à juste titre pour un maître du genre, c'est presque toute la littérature qui deviendrait fantastique, dès qu'elle s'écarte si peu que ce soit du bon sens le plus quotidien : Homère, Dante seraient fantastiques.

Il ne faut pas négliger la possibilité de cette extension,

qui rappelle simplement que, selon l'étymologie, « fantastique », « fantaisie », « fantôme », « fantasmagorie » et « fantasme » sont apparentés, et que tout dérive d'un verbe grec qui signifie simplement « apparaître ». « Fantastique » irait jusqu'à s'identifier avec « imaginaire », pourvu que, dans « imaginaire », on fasse attention à « image » et, dans « image », à ce qui se voit.

Il n'est pas extravagant que Nodier perçoive du fantastique dans des œuvres très anciennes comme les poèmes homériques. Au début du XIXe siècle, les croyances du passé font souvent l'objet d'une impossible nostalgie. Impossible, parce qu'on la sait absurde. On ne peut plus regretter les lutins, dont Nodier fait ses délices, les vampires, qui amusaient Byron, les ondines chères à Hoffmann et à Pouchkine[1], les lutins qu'on peut rencontrer sur la lande, les vampires qu'on croise dans un couloir sombre, les ondines qu'on voit, la nuit, dans les rivières.

Il ne faut pas oublier que ces croyances ont alors encore des adeptes. Le vacarme des villes est entouré par le silence des campagnes où continuent à se raconter les histoires, séduisantes ou terribles, que se sont transmises des générations. On ne croit qu'à ce qu'on a vu. Le conteur rapporte le témoignage de telle personne, qui s'est trouvée face à face avec un revenant, de telle autre, qui a surpris les secrets d'une sorcière, alors qu'elle partait pour le sabbat.

La campagne est aussi présente dans les villes, par le biais des nourrices, des domestiques. Les personnes cultivées, « éclairées », comme on disait, qui lisent la littérature ou la font, peuvent attribuer à d'autres, moins instruites, les croyances et les superstitions que leur statut social leur interdit d'accepter. Il leur est

---

1. Compositeur avant d'être écrivain, Hoffmann a écrit la musique d'un opéra dont le sujet lui est fourni par le conte de son ami La Motte-Fouqué, *Ondine*. Pouchkine a laissé inachevée une petite tragédie intitulée *Roussalka* ; les *roussalki* sont, en terre russe, ce que les ondines sont en Occident.

alors loisible de jouer avec ces images. Elles font semblant de n'y chercher qu'un divertissement. Que pourraient-elles dire d'autre ?

Si on a l'imprudence de chercher à définir le fantastique sans prendre garde au temps, à l'évolution, à la différence des époques, on risque des mécomptes. On risque de ne plus saisir ce qui s'est joué chez les auteurs que nous appelons « romantiques ». Déjà le fantastique de Maupassant est autre : le village, l'obscurité des veillées n'y jouent plus exactement le même rôle.

Il faudrait voir comment se développent, au cours du XIXe siècle, le fantastique scientifique, qui n'est pas absent du célèbre *Horla*, le fantastique exotique, de plus en plus visible dans les histoires de vampires, de Bram Stoker à Murnau.

La littérature romantique est plus proche de l'esprit du conte, au sens où l'on parle de conte populaire, au sens où l'on parle de conte de fées, au sens où Pouchkine écrit des contes, inspirés en partie par ceux que lui a racontés sa nourrice.

C'est encore en effet un immense domaine qu'il a exploré, à la fois comme auditeur attentif et comme créateur. Auditeur, Pouchkine note ce qu'il a entendu, ne serait-ce que, par exemple, une version assez originale de l'histoire de Blanche-Neige, dont il se servira pour composer son *Conte de la princesse morte et des sept paladins*. Créateur, il écrit dans l'esprit du folklore, mais non sans en styliser les formes, des histoires merveilleuses dont il a emprunté le sujet n'importe où, à Grimm, par exemple.

Déjà *Rouslan et Ludmila* était présenté comme une légende ancienne. Depuis, Pouchkine a beaucoup progressé dans la connaissance des traditions populaires authentiques. On le voit à travers diverses ballades, comme *Le Fiancé* ou *Le Noyé* ou *Le Hussard*.

S'agit-il simplement de collectionner des documents, d'en donner des versions littéraires ? Ce ne serait pas rien. Les frères Grimm sont célèbres pour l'avoir réussi. Mais Pouchkine va plus loin qu'eux.

Il faudrait ici évoquer un des chapitres les plus étonnants de son roman en vers, celui où Tatiana, dans la nuit de la Saint-Sylvestre, cherche à connaître l'avenir. La jeune fille s'en remet à l'oniromancie. Et elle fait un rêve.

Ce rêve est prémonitoire, comme la majeure partie des rêves qui sont évoqués dans la littérature classique. On peut y deviner l'avenir, tel qu'il se réalisera dans la suite du roman. Mais cette fonction, réelle, disparaît presque sous l'accumulation de détails oiseux, de détails qui ne pourront jamais faire l'objet d'une interprétation, de détails dont on pourrait dire qu'ils placent Pouchkine parmi les écrivains surréalistes. Il n'est pourtant pas nécessaire de risquer cet anachronisme douteux pour faire entendre que Pouchkine sait faire jouer librement l'imagination, l'imagination la plus fantastique, au sens romantique du mot, sans se croire obligé de chercher un prétexte raisonnable. Et la comparaison laisserait dans l'ombre un trait essentiel de ce chapitre : sa relation avec la tradition folklorique, qu'il s'agisse de l'ours libidineux, ou des monstres invraisemblables,

« L'à-moitié-chat, l'à-moitié grue ».

Tatiana est perdue dans la forêt, entourée, littéralement obsédée par le fantastique. On retrouvera cette expérience dans le célèbre poème qu'on appelle en français « Les démons », et dont Dostoïevski a repris le titre pour l'un de ses plus grands romans. Le narrateur de ce poème, qu'on peut identifier à Pouchkine, se trouve perdu au milieu d'une tempête de neige.

> La bourrasque enrage, pleure,
> fait renâcler les chevaux,
> le démon d'un bond s'écarte,
> seuls ses yeux percent la brume.
> Les chevaux sitôt repartent
> au bruit grêle des grelots,
> je vois des esprits mauvais
> grouiller sur les champs de neige,

> innombrables et hideux
> dans le clair de lune sale,
> ils volent par tourbillons,
> comme feuilles en novembre,
> emportés on ne sait où
> avec leur chant déchirant :
> aux noces d'une sorcière ?
> au convoi d'un farfadet[1] ?

Qu'on l'identifie ou non à Pouchkine, le narrateur de ce poème est un homme éclairé. Les croyances l'assiègent, le menacent, l'égarent.

Du conte à la vision

Certes, ni *La Dame de pique* ni *Le Cavalier d'airain* ne mettent directement en scène des superstitions populaires. Le faiseur de miracles — peut-être un faiseur tout court — qui avait nom comte de Saint-Germain a sévi à la cour de France, au milieu de personnes éclairées. Le jeu de hasard appelé « pharaon » fait partie des divertissements de la meilleure société, et les légendes qu'il suscite n'inspirent pas plus la terreur ou le respect que les plus banales des anecdotes mondaines. Le point de départ de Pouchkine, lorsqu'il compose *La Dame de pique*, est, dit-on, une histoire racontée dans la bonne société, et dont l'héroïne est une princesse Golitsyne.

Mais il s'agit seulement d'un point de départ. Le jeu, pour Pouchkine, consiste à en faire un objet d'effroi.

Il n'est pas indifférent que les trois sommets du récit soient trois apparitions : dans son cercueil, la comtesse cligne de l'œil ; plus tard, la nuit, son fantôme rend visite au héros ; elle apparaît enfin, au moment de la catastrophe, sur la carte à jouer qu'il tient en main. Si ces apparitions peuvent être qualifiées de « fantastiques », le mot retrouve son origine. Ce fantastique-là

---

1. Alexandre Pouchkine, *Poésies*. Traduction, choix et présentation de Louis Martinez, Poésie/Gallimard, 1994, p. 126.

donne à voir, comme dans les contes populaires, ce que l'on ne s'attendait pas à voir, ce qui fait peur parce qu'on ne s'attendait pas à le voir.

C'est la variante sombre du génie qui habite Pouchkine et le pousse à créer des hallucinations. On la retrouve, toute invraisemblance écartée, dans *Boris Godounov*. Le personnage du tsar est accablé de visions, obsédé par l'image d'un enfant couvert de sang. Le personnage de son rival, moine fugitif qui se prétend héritier de la couronne, se figure à un certain moment qu'il a été adopté par l'ombre d'Ivan le Terrible.

Il serait trop long d'énumérer toutes ces images d'hallucinations terrifiantes. Elles ne feront pas oublier les autres, les apparitions de figures merveilleuses. Qu'il suffise d'en évoquer deux, empruntées toutes deux à la poésie lyrique.

À quelqu'un qu'il ne nomme pas, Pouchkine dit :

> Je me rappelle un instant merveilleux :
> Devant moi tu es apparue,
> Comme une vision fugitive,
> Comme l'Esprit de la pure beauté.

L'autre image vient de la Bible, du prophète Isaïe. C'est celle du séraphin qui se présente devant le poète, à une croisée de chemins. Vision terrible. L'ange arrache à l'homme la langue et le cœur. C'est pour le doter de pouvoirs nouveaux. L'homme devient prophète. Maître du Verbe, il brûlera les cœurs de ses semblables.

On ne sait pas, on ne saura jamais, en quoi consiste le message de ce « Prophète » qui donne au poème son titre. Ce n'est pas le message qui retenait l'attention de Pouchkine, mais la puissance, l'intensité de la vision. C'est cette intensité qu'il s'efforçait de transmettre, en œuvres brèves.

Le conteur provoque un frémissement.

Jean-Louis BACKÈS

NOTE SUR LE JEU DE PHARAON

Le jeu se joue entre un banquier, dont on dit qu'il « taille », et des joueurs appelés « pontes », dont on dit qu'ils « pontent ». Il faut deux jeux de cartes (voir *La Dame de pique*, p. 65).

Chaque ponte choisit une carte dans le premier jeu et mise sur elle une somme de son choix.

Quand les jeux sont faits, le banquier distribue l'autre jeu, en plaçant alternativement une carte à sa droite, une carte à sa gauche. Le tas de droite est celui du banquier ; le tas de gauche, celui des joueurs.

Si la carte choisie par un joueur tombe à droite, le banquier ramasse la mise du joueur. Si la carte choisie par un joueur tombe à gauche, le joueur reçoit du banquier l'équivalent de sa mise.

À la fin de *La Dame de pique*, l'as tombe à gauche. Hermann, qui croit avoir choisi un as, est sûr d'avoir gagné. Mais, en même temps, une dame est tombée à droite. Or Hermann a en main une dame. Donc il a perdu. Sa dame est « battue » parce que la dame est tombée à droite.

Il est rare qu'on joue argent sur table. Les gains et les pertes sont le plus souvent, comme dans *Le Coup de pistolet* (p. 81) ou dans *La Dame de pique,* notés par le banquier à l'aide d'une craie. Parmi les conventions, la plus importante est le paroli.

Quand un joueur a gagné, il peut, en cornant sa carte, montrer qu'il mise à la fois sa mise initiale et ce qu'il vient de gagner. On dit qu'il fait « paroli » ou double sa mise. S'il ne mise que ce qu'il vient de gagner, il est dit jouer la « paix ».

Tchaplitski, à la fin de la première partie de *La Dame de pique*, doit 300 000 roubles. Il mise 50 000 roubles sur la première carte, et gagne ; fait paroli, donc mise les 50 000 roubles qu'il vient de gagner et les 50 000 de la mise initiale, soit 100 000 roubles. Il gagne derechef et fait paroli-paix, c'est-à-dire ne remet en jeu que les 150 000 roubles qu'il a gagnés depuis le début de la partie. Il gagne encore et se trouve donc à la tête de 300 000 roubles, sans compter sa mise initiale, qu'il a ainsi préservée.

Il a regagné tout l'argent qu'il avait perdu.

Parfois, un joueur distrait corne une carte un peu tard, juste au moment où il s'aperçoit qu'il vient de gagner. Selon l'humeur du banquier, on lui suggère poliment qu'il s'est trompé (voir *La Dame de pique*, p. 63, ou *Le Coup de pistolet*, p. 81) ou on le traite de « tricheur », avec les conséquences qu'entraîne une pareille accusation, dans une société où le duel est interdit, mais banal.

La Dame de pique

« La dame de pique signifie malveillance secrète. »

Le Nouveau Cartomancien[1].

---

1. Pouchkine a un goût visible pour ces productions d'imprimeurs sans prétentions à l'usage de lecteurs modestes, « littérature démodée, [...] romans de nos aïeules, contes de fées, petits livres de l'enfance », comme dit Rimbaud. Dans *Eugène Onéguine* (v. 22 *sq.*), on voit Tatiana consulter un manuel d'oniromancie qui semble de même farine que *Le Cartomancien*.

Lorsque Tchaïkovski a pris la nouvelle de Pouchkine comme base d'un opéra qui porte le même titre, il a procédé à un certain nombre de modifications dans le déroulement de l'intrigue et dans la conduite du récit. Il a par ailleurs décidé de transporter à la fin du XVIIIe siècle, sous le règne de l'impératrice Catherine II, une histoire qui, chez Pouchkine, passe pour contemporaine. Les cheveux de Tchekalinski, le joueur professionnel qu'Hermann affronte dans le dernier chapitre, sont « blancs » parce que le personnage est âgé, et non parce qu'il les couvre de poudre et se coiffe « à l'oiseau royal » (p. 57) ; gageons que son habit est tristement noir, et non pas rose ou bleu de ciel, et couvert de broderies.

La décision de Tchaïkovski, décision sans doute approuvée par les costumiers, ruine un élément essentiel de l'histoire telle que la construit Pouchkine. La Dame de pique *oppose deux mondes, deux époques. Et l'on pourrait transposer sur cette figure ce qu'on dit banalement du fantastique : qu'il oppose un monde réel et un monde surnaturel. De fait, tout ce qui est lié à la comtesse et à l'étrange semble venir du siècle passé.*

La comtesse a quatre-vingts ans (p. 32), ou plus précisément quatre-vingt-sept (p. 43). Elle était à Paris « dans les années soixante-dix » (p. 37) du XVIIIe siècle. On ne sait pratiquement rien de ce qu'a été son existence depuis ce temps-là. Elle ne le sait peut-être pas elle-même. Elle continue à porter des toilettes d'un autre temps, vit dans un cadre qui n'a rien de moderne : la narration accumule dans la description de la maison et plus encore dans celle de la chambre les détails qui datent du « siècle dernier ». Le fauteuil dans lequel elle trouvera la mort est un « fauteuil voltaire » (p. 50).

Tous ces détails mènent à une interprétation. La comtesse est une morte vivante. Le texte le suggère de différentes manières. Par exemple, on évite de dire devant la vieille dame que sont mortes toutes ses amies d'autrefois ; en fait elle s'en soucie peu, comme si elle avait déjà elle-même franchi le pas.

Elle revient du bal « plus morte que vive » (p. 50). Si on calquait le texte russe on écrirait « à peine vivante ». Ce serait une erreur. L'usage français conduit à souligner avec une légère insistance ce que contient déjà l'original.

Une fois morte, elle vit, cligne de l'œil dans son cercueil, rend visite à son assassin, se déguise en carte à jouer, cligne de l'œil à nouveau, toujours avec un regard moqueur.

C'est le jeu des métaphores, des expressions toutes faites, qui est en grande partie responsable de cette affirmation incroyable : la comtesse est une morte-vivante.

L'aventure d'Hermann ressemble à une exploration du passé. Personne, hors lui, ne songe à interroger la comtesse sur le secret qu'elle est supposée posséder. Le détour qu'il emprunte pour la rencontrer est en rupture avec tous les usages. En s'introduisant par ruse dans la chambre de la vieille dame, en l'interrogeant brutalement, alors qu'elle ne le connaît pas, qu'il n'a pas été présenté, Hermann ne foule pas seulement aux pieds les convenances qui permettent au monde moderne de subsister, il traverse symboliquement l'obstacle du temps, il se glisse par un raccourci à l'époque où vivait le comte de Saint-Germain.

De ce point de vue l'épisode du passage secret a une importance sans seconde. Cet escalier servait, dit-on, à introduire les amants dans la chambre de la comtesse. Il y a beau temps que personne ne l'a plus emprunté. En le parcourant, Hermann se transforme, pour ainsi dire, en jeune galant du siècle passé. Or ce

*siècle est le siècle des prodiges. Le texte évoque toutes
les rumeurs qui ont couru sur le regain de l'irrationnel
vers l'époque de la mort de Voltaire. Des charlatans
prétendaient posséder l'élixir de longue vie. On décou-
vrait l'électricité et ses effets inattendus donnaient lieu
à mille légendes. Des illuminés parcouraient en esprit
les autres mondes, et prononçaient d'étranges pro-
phéties.*

*Il faut prendre garde à la fois à la présence de ces
phénomènes vers 1780 et à l'intérêt de l'époque romantique pour ces souvenirs d'une époque déjà lointaine.
Que l'on songe à Nerval, à ses* Illuminés, *ou à Alexandre
Dumas et à* Joseph Balsamo.

*L'autre monde est-il le passé qui revient ? Il ne ser-
virait à rien de le dire. On n'efface pas les effets du
fantastique en en fabriquant une interprétation allégo-
rique. C'est bien plutôt dans l'autre sens qu'il faut
prendre la proposition. L'idée d'un passé perdu qui
revient peut aider à se mieux pénétrer de ce qui fait la
force imaginaire de ce simple événement : dans un
monde rassurant, familier, une faille soudaine se produit, une vue s'ouvre sur l'insondable obscurité.*

J.-L. B.

I

Quand il pleuvait
Ils se retrouvaient
Souvent.
Leur mise, Dieu leur pardonne, ils la doublaient,
De cinquante à cent,
Et gagnaient,
Et l'inscrivaient
À la craie.
C'est ainsi, eh oui, qu'ils s'occupaient
Quand il pleuvait[1].

On avait joué aux cartes chez le chevalier-garde[2] Naroumov. La longue nuit d'hiver avait passé sans qu'on s'en aperçût. On soupa vers cinq heures du matin ; les gagnants mangeaient de bel appétit, les autres contemplaient d'un air absent leurs assiettes vides. Mais le champagne parut, la conversation s'anima et chacun y prit sa part.

---

1. Les épigraphes des *Récits de Belkine* sont toutes empruntées à des écrivains que Pouchkine admire, respecte et estime, et qui, pour les plus jeunes d'entre eux, sont ses amis. Les épigraphes de *La Dame de pique*, au contraire, ne proviennent, sauf une, d'aucune source connue et semblent avoir été inventées par Pouchkine. C'est le cas de celle-ci, en russe, composée depuis longtemps, et communiquée à Viazemski dans une lettre du 1er septembre 1828. **2.** « Chevalier-garde » calque l'expression russe, qui désigne simplement quiconque, officier ou soldat, appartient à un régiment de cavalerie de la garde. L'armée russe, comme toutes les armées de cette époque-là, distingue les « troupes de ligne », les plus nombreuses, et la garde, composée d'unités d'élite, et cantonnée dans la capitale.

— Où en es-tu, Sourine ? demanda le maître de maison.

— Au plus bas, comme d'habitude. Il faut avouer que je joue de malchance. Je ne fais pas de surenchère [1], je ne m'emballe pas, rien ne me désarçonne et je perds quand même !

— Et tu ne t'es jamais laissé tenter ? Tu n'as jamais essayé de profiter de la chance d'un joueur [2] ? Ta fermeté m'étonne.

— Voyez un peu Hermann ! fit l'un des invités, en désignant un jeune officier du génie [3]. De sa vie il n'a touché une carte ni corné un paroli [4] et pourtant il reste jusqu'à cinq heures du matin à nous regarder jouer !

— Le jeu me passionne, dit Hermann. Mais mon état m'interdit de sacrifier le nécessaire à l'espoir d'acquérir le superflu.

— Hermann est allemand, il sait compter, voilà tout, fit observer Tomski. Mais s'il y a quelqu'un que je ne comprends pas, c'est bien ma grand-mère, la comtesse Anna Fédotovna.

On se récria.

— Plaît-il ? Comment cela ?

— Je ne conçois pas, poursuivit Tomski, que ma grand-mère ne joue pas.

— Qu'une vieillarde de quatre-vingts ans ne ponte pas, qu'y a-t-il là d'étonnant ? rétorqua Naroumov.

— Vous ne savez donc rien d'elle ?

— Rien, absolument rien !

— Dans ce cas, écoutez.

---

1. Le texte russe entre dans des détails techniques. Sourine joue la mirandole, ce qui signifie qu'il mise peu mais sur deux cartes à la fois, pour augmenter ses chances. **2.** Littéralement : « Tu n'as jamais joué le "routé" ? » On joue le « routé » quand on mise systématiquement à tous les coups sur la même carte. C'est une technique téméraire. **3.** Les unités du génie sont chargées de la réalisation de travaux : construction de ponts, terrassements, etc. Y servir est moins prestigieux que de servir dans la cavalerie. Hermann passe pour un technicien plus que pour un brillant sabreur. **4.** Voir la note sur le pharaon, p. 22-23.

« Sachez d'abord que — il y a de cela une soixantaine d'années — ma grand-mère se rendait fréquemment à Paris où elle faisait fureur. Le bon peuple se pressait pour voir la *Vénus moscovite*[1]. Richelieu[2] soupirait après elle et grand-mère prétend que devant ses cruautés il a failli se brûler la cervelle.

« En ce temps-là, les dames pratiquaient le pharaon. Un jour, à la Cour, jouant contre le duc d'Orléans[3], elle perdit sur parole une somme énorme. Rentrée à la maison, grand-mère, tout en décollant ses mouches[4] et en dégrafant ses paniers[5], annonça la chose à grand-père et lui intima l'ordre de payer.

« Autant que je m'en souvienne, feu mon grand-père était auprès d'elle une manière d'intendant. Elle lui inspirait une peur bleue. Mais devant l'énormité de l'affaire, il sortit de ses gonds, apporta ses livres, lui rappela qu'ils avaient dépensé un demi-million en six mois, qu'ils ne disposaient pas, aux environs de Paris, de domaines comme à Moscou ou à Saratov, et refusa tout net de payer. Grand-mère le gratifia d'un soufflet et se mit au lit seule en signe de disgrâce.

« Le lendemain, elle le convoqua, espérant que ce châtiment conjugal aurait produit son effet, mais son mari se montra inflexible. Pour la première fois de sa

---

1. En français dans le texte. Nos ancêtres disaient souvent « moscovite » là où nous disons « russe ».   2. Non pas le cardinal, évidemment, mais son petit-neveu, prénommé lui aussi Armand (1696-1788), maréchal de France, célèbre par ses exploits guerriers et par ses aventures galantes. Il n'était plus tout jeune à l'époque dont parle le texte.   3. Le duc d'Orléans devrait être Louis Philippe (1725-1785), petit-fils du Régent (1674-1723) et grand-père du roi Louis-Philippe Ier (1773-1850), roi des Français de 1830 à 1848). Le personnage ne semble pas avoir laissé dans la mémoire historique une trace profonde. Pouchkine l'évoque sans doute moins pour lui-même que pour la valeur symbolique de son nom.   4. Les « mouches » sont de petits morceaux de taffetas noir que l'on se colle sur la peau pour faire ressortir la blancheur du teint.   5. Les « paniers » donnent l'ampleur aux jupes et font paraître la taille plus fine.

vie, elle condescendit à lui fournir des explications ;
elle crut l'amener à résipiscence en lui représentant
qu'il y a dette et dette et que l'on ne saurait en user
avec un prince du sang comme avec un carrossier. —
Bernique ! Non, cent fois non ! Grand-père était entré
en rébellion. Grand-mère était aux abois.

« Elle était fort intime avec un personnage des plus
remarquables. Vous avez certainement entendu parler
du comte de Saint-Germain [1] dont on a dit tant de merveilles... Comme vous le savez, il se faisait passer pour
le Juif errant, pour l'inventeur de l'élixir de vie, de la
pierre philosophale, que sais-je encore ! On se riait de
lui comme d'un charlatan et Casanova [2] affirme dans
ses mémoires qu'il était un espion ; au demeurant, et
malgré tous ces mystères, Saint-Germain se présentait
sous les dehors les plus respectables et tenait fort
agréablement son rang en société. Aujourd'hui encore
grand-mère l'aime à la folie et ne supporte pas que l'on
parle de lui avec irrévérence. Elle savait que Saint-
Germain disposait de sommes considérables. Elle résolut donc de faire appel à lui et lui fit tenir un billet le
priant de la venir voir sans délai.

« Le vieil original se présenta sur-le-champ et la
trouva au désespoir. Elle lui peignit sous les couleurs les
plus noires la barbarie de son époux et conclut en disant
qu'elle n'espérait plus qu'en son amitié et en son obli-
geance.

« Saint-Germain réfléchit.

---

1. Les historiens disent que le comte de Saint-Germain est né vers
1707 et mort en 1784. C'est prendre un grand risque. S'il est réellement le Juif errant, il a connu le Christ et ri au moment de la Passion.
Par ailleurs, il se peut qu'il soit immortel. Plus sérieusement, on note
qu'il a été chassé de France en 1760. Il paraît de plus en plus évident
que Pouchkine ne cherche pas à décrire un moment historique précis,
mais qu'il réunit certaines images à moitié ou tout à fait légendaires
de la cour de France avant la Révolution. La comtesse a vécu une
époque déjà mythique.   **2.** Giovanni Giacomo Casanova de Sein-
galt (1725-1798) a laissé des *Mémoires* célèbres, où il détaille ses
nombreuses aventures.

« — Je pourrais vous avancer cette somme, dit-il enfin, mais je sais que vous n'auriez de cesse que vous ne vous soyez acquittée ; or, je ne voudrais pas ajouter à vos soucis. Il existe un autre moyen : regagner ce que vous avez perdu.

« — Mais enfin, mon cher comte, fit grand-mère, puisque je vous dis que nous n'avons plus d'argent, plus du tout.

« — Il n'est point besoin d'argent, rétorqua Saint-Germain. Donnez-vous seulement la peine de m'entendre.

« C'est alors qu'il lui confia un secret que chacun de nous serait prêt à payer très cher... »

Les jeunes joueurs redoublèrent d'attention. Tomski alluma sa pipe, en tira une bouffée et poursuivit :

« Le soir même, grand-mère parut à Versailles, au *Jeu de la Reine*[1]. Le duc d'Orléans taillait ; grand-mère s'excusa négligemment de n'avoir pas sur elle le montant de sa dette, débita à l'appui un petit mensonge et s'installa pour ponter contre le duc. Elle choisit trois cartes et les joua d'affilée. Toutes les trois gagnèrent du premier coup et grand-mère rattrapa largement ses pertes de la veille.

— Hasard ! se récria l'un des invités.

— Contes de bonne femme ! estima Hermann.

— Cartes biseautées, peut-être ? suggéra un troisième.

— Je ne pense pas, répliqua gravement Tomski.

— Comment ! reprit Naroumov, tu as une grand-mère qui sort trois cartes gagnantes d'affilée et tu ne lui as pas encore extorqué son secret ?

— C'est bien là le diable ! répondit Tomski. Elle avait quatre fils, dont mon père, tous joueurs invétérés, et pas un n'a été mis dans la confidence ; pourtant, ils en auraient eu grand besoin, et moi aussi. Mais voici ce que m'a raconté mon oncle, le comte Ivan Ilitch, en m'assurant sur l'honneur que c'était vérité pure. Tchaplitski, celui qui est mort dans la misère après avoir mangé des

---

1. En français dans le texte.

millions, avait, étant jeune, perdu quelque chose comme
trois cent mille roubles — contre Zoritch [1] si j'ai bonne
mémoire. Il était au désespoir. Grand-mère, qui était
pourtant sans indulgence pour les frasques de la jeunesse,
se laissa, Dieu sait pourquoi, attendrir. Elle lui désigna
trois cartes pour qu'il les mise d'affilée, en lui faisant
jurer qu'après cela il ne jouerait jamais plus. Tchaplitski
se présenta chez son vainqueur ; ils commencèrent la partie. Tchaplitski misa cinquante mille roubles sur la première carte et gagna sec ; il fit paroli, paroli-paix,
remboursa sa dette et repartit gagnant [2]...

« Mais il est temps d'aller se coucher, il est déjà six
heures moins le quart... »

De fait, le jour se levait ; les jeunes gens vidèrent
leurs verres et se séparèrent.

II

> — *Il paraît que Monsieur est décidément
> pour les suivantes.*
> — *Que voulez-vous, madame ? elles sont
> plus fraîches.*
>
> Propos mondains [3].

La vieille comtesse*** était assise à sa toilette. Trois
femmes de chambre l'entouraient. L'une tenait un pot de
rouge, l'autre une boîte d'épingles à cheveu, la troisième

---

1. Semion Gavrilovitch Zoritch, mort en 1799, est l'un des nombreux favoris de la tsarine Catherine II.   2. Voir la note sur le
pharaon, p. 22-23.   3. Pouchkine n'indique pas qui est l'auteur
de cette réplique, en français dans le texte. Mais le célèbre Denis
Davydov a reconnu un de ses bons mots. Davydov, que Pouchkine
tutoyait, est également évoqué dans *Le Coup de pistolet* (voir
note 2, p. 85).

une coiffe ornée de rubans couleur feu. La comtesse ne prétendait aucunement à une beauté depuis longtemps évanouie, mais conservait tous les usages du temps de sa jeunesse, suivait scrupuleusement la mode des années soixante-dix [1] et mettait à se vêtir autant de temps et de soins que soixante ans auparavant. Une demoiselle, sa pupille, travaillait à son ouvrage devant la fenêtre.

Un jeune officier entra en disant :

— Bonjour, grand-maman. Bonjour, mademoiselle Lise. J'ai une faveur à vous demander, grand-maman.

— De quoi s'agit-il, Paul ?

— Permettez-moi de vous présenter un de mes amis et de l'amener vendredi à votre bal.

— Amène-le donc directement au bal, ce sera l'occasion de me le présenter. Étais-tu hier chez*** ?

— Bien sûr ! C'était très gai ; on a dansé jusqu'à cinq heures. Eletzkaya était bien belle !

— Allons donc, mon ami ! Que lui trouves-tu ? Daria Petrovna, sa grand-mère, était autrement belle ! Mais j'y pense, elle doit avoir beaucoup vieilli, la princesse Daria Petrovna ?

— Comment cela, vieilli ? répliqua étourdiment Tomski. Il y a bien sept ans qu'elle est morte.

La demoiselle leva la tête et lui fit un signe. Il se rappela alors que l'on cachait à la vieille comtesse la mort de ses contemporaines et se mordit la lèvre. Mais la comtesse accueillit la nouvelle avec une parfaite indifférence.

— Morte ! Dire que je n'en savais rien ! Nous avons été faites dames d'honneur ensemble, et au moment de la présentation, l'Impératrice...

Et la comtesse, pour la centième fois, relata l'anecdote à son petit-fils.

— Maintenant, Paul, dit-elle ensuite, aide-moi à me lever. Lise, mon enfant, où est ma tabatière ?

Suivie de ses femmes, la comtesse s'en alla terminer

---

1. Ces données chronologiques ne sont pas, on l'a vu, en parfait accord avec celles qui figurent dans l'anecdote du premier chapitre.

sa toilette derrière un paravent. Tomski resta avec la jeune personne.

— Qui voulez-vous lui présenter ? demanda Lizaveta Ivanovna à mi-voix.

— Naroumov. Vous le connaissez ?

— Non. C'est un militaire ou un civil ?

— Un militaire.

— Du génie ?

— Non, il est officier de cavalerie. Pourquoi du génie ?

La demoiselle rit, mais ne répondit pas.

— Paul ! cria la comtesse, toujours derrière son paravent. Fais-moi donc porter un roman, mais pas de ceux que l'on écrit aujourd'hui, je te prie.

— Qu'entendez-vous par là, grand-maman ?

— Je veux dire un roman où le héros n'assassine pas père et mère, et où il n'y ait pas de noyés[1]. J'ai horriblement peur des noyés.

— On ne fait plus ce genre de romans, grand-maman. Peut-être en voulez-vous un russe ?

— Il y a donc des romans russes ? Eh bien, envoie, mon cher ! Envoie !

— Excusez-moi, grand-maman, je suis pressé... Excusez-moi, Lizaveta Ivanovna. Au fait, pourquoi vouliez-vous que Naroumov fût du génie ?

Et Tomski s'en alla.

Lizaveta Ivanovna resta seule ; abandonnant son ouvrage, elle regarda par la fenêtre. Bientôt, elle vit apparaître un jeune officier qui tournait l'angle de la rue. Rougissante, elle reprit son ouvrage, le front penché sur son canevas. Sur ces entrefaites, la comtesse entra, complètement habillée.

— Fais atteler, ma petite Lise. Nous allons nous promener.

---

1. La comtesse a dû lire, ou plutôt se faire lire, quelque roman « frénétique », comme on en écrivait alors dans la France romantique. Elle ne sait pas qu'il existe des romans russes.

Lise se leva et se mit en devoir de ranger son ouvrage.

— Eh bien, ma fille, serais-tu sourde ? cria la comtesse. Fais atteler, et un peu vite !

— Tout de suite, répondit la jeune fille d'une voix douce en passant précipitamment dans l'antichambre.

Un valet entra et remit à la comtesse des livres de la part du prince Pavel Alexandrovitch.

— Fort bien. Qu'on le remercie, dit la comtesse. Lise, Lise, où cours-tu comme ça ?

— M'habiller.

— Tu as tout le temps, ma chère. Assieds-toi. Prends le premier volume et fais-moi la lecture.

La jeune fille s'empara du volume et lut quelques lignes à haute voix.

— Plus fort ! ordonna la comtesse. Qu'est-ce qui t'arrive, ma fille ? Tu n'es pas en voix, peut-être ? Attends, pousse cette banquette... plus près... Bon, allons !

Lizaveta Ivanovna lut encore deux pages. La comtesse bâilla.

— Laisse ce livre, dit-elle. Quelles fadaises ! renvoie-le au prince Pavel avec mes remerciements... Et ce carrosse ?

— Le carrosse est avancé, répondit Lizaveta Ivanovna, après un coup d'œil par la fenêtre.

— Alors pourquoi n'es-tu pas encore habillée ? s'écria la comtesse. Il faut toujours que je t'attende. Cela devient insupportable, mon enfant !

Lise courut à sa chambre. Deux minutes ne s'étaient pas écoulées que la comtesse sonnait de toutes ses forces. Trois filles accoururent par une porte, un valet de chambre par l'autre.

— Il n'y a donc plus moyen de se faire entendre ! s'exclama la comtesse. Qu'on dise à Lizaveta Ivanovna que je l'attends.

Lizaveta Ivanovna entra. Elle avait sa pèlerine et son chapeau.

— Te voilà enfin, ma fille ! Parée comme une

châsse ! Pour séduire qui, je me le demande ! Quel temps fait-il ? Grand vent, à ce qu'il me semble.

— Pas du tout, Votre Grâce, il fait très doux, répondit le valet de chambre.

— Comme toujours, vous dites tout ce qui vous passe par la tête ! Ouvrez le vasistas. C'est bien ce que je pensais, du vent, et glacial ! Qu'on dételle ! Nous ne partons pas, Lise, tu en seras pour tes frais !

« Et voilà ma vie ! » pensa Lizaveta Ivanovna. De fait, Lizaveta Ivanovna était une créature bien malheureuse. Amer est le pain des autres, dit le Dante, et durs à gravir les degrés d'une demeure étrangère[1], or qui, mieux que la pupille pauvre d'une vieillarde titrée, connaît l'amertume de la dépendance ? La comtesse*** n'était certes pas méchante mais, gâtée par le grand monde, elle était capricieuse, avaricieuse et enfermée dans un égoïsme froid, comme toutes les vieilles personnes qui ont passé l'âge d'aimer et à qui le présent est étranger. Elle prenait sa part de toutes les futiles distractions de la haute société, se traînait à des bals où elle trônait dans un coin, fardée et parée à l'ancienne mode, tel un ornement hideux mais nécessaire ; tout nouvel arrivant venait la saluer bien bas, comme obéissant à un rite immuable, après quoi personne ne s'occupait plus d'elle. Elle recevait en sa demeure la ville entière, observant une étiquette rigoureuse et ne reconnaissant jamais personne. La domesticité nom-

---

1. Au chant XVII du *Paradis*, Dante rencontre son ancêtre Cacciaguida qui lui annonce qu'il sera exilé :

> Tu proverai sì come sa di sale
> lo pane altrui, e come è duro calle
> lo scendere e 'l salir per l'altrui scale. (v. 58-60)

(Tu éprouveras comme a goût de sel / le pain des autres et comme c'est un dur chemin / que de descendre et de monter l'escalier des autres.) André Pézard suggère que le pain a goût de sel parce qu'il est mouillé de larmes. Pouchkine paraphrase, en russe, et sans doute de mémoire. Il avait composé en 1832 deux brefs poèmes qui évoquent des scènes infernales ; la forme choisie est la *terza rima*, forme de *La Divine Comédie*.

breuse, engraissée et vieillie dans ses antichambres, en usait à sa guise et volait à qui mieux mieux la vieillarde cacochyme. Lizaveta Ivanovna faisait office de souffre-douleur. Elle servait le thé et essuyait des remontrances pour la dépense excessive de sucre ; elle faisait la lecture et devait répondre de toutes les maladresses des auteurs ; quand elle accompagnait la comtesse à la promenade, le mauvais temps et les cahots du pavé lui étaient imputés. Les appointements qui lui étaient attribués ne lui étaient qu'irrégulièrement versés ; on exigeait d'elle néanmoins qu'elle fût habillée comme tout le monde, autrement dit comme très peu de gens. Le rôle qu'elle jouait dans la société était des plus pitoyables. Tout le monde la connaissait, personne ne la remarquait ; au bal, on ne l'invitait à danser que lorsque manquait un vis-à-vis, et les dames prenaient son bras pour aller ajuster leur toilette. Elle avait de la fierté, un sentiment très vif de sa condition et promenait le regard autour d'elle, guettant avec impatience celui qui viendrait l'en délivrer ; mais les jeunes gens, calculateurs dans leur frivole vanité, lui refusaient leur attention, encore que Lizaveta Ivanovna eût cent fois plus de charme que les héritières arrogantes et froides auprès desquelles ils s'empressaient. Que de fois, quittant subrepticement un salon aussi ennuyeux que somptueux, elle s'en allait pleurer dans sa misérable chambrette, meublée d'un paravent, d'une commode, d'un miroir, d'un lit de bois peint, et pauvrement éclairée d'une chandelle de suif dans son bougeoir de cuivre.

Un jour — c'était le surlendemain de la soirée décrite au début de ce récit, et une semaine avant la scène où nous nous sommes arrêtés —, un jour donc, Lizaveta Ivanovna, qui travaillait à sa broderie, jetant un regard distrait dans la rue, aperçut un jeune officier du génie, immobile, les yeux fixés sur sa fenêtre. Elle baissa la tête et se remit à son ouvrage ; cinq minutes plus tard elle jeta de nouveau un coup d'œil dans la rue : le jeune officier était toujours là.

N'ayant pas accoutumé de faire la coquette avec des officiers de passage, elle s'abstint de regarder au-dehors et travailla deux heures durant sans bouger. On servit le déjeuner. Elle se leva, rangea son ouvrage et regarda par la fenêtre : l'officier était toujours là. Cela lui parut bizarre. Après le déjeuner, elle s'approcha encore une fois de la fenêtre, non sans quelque inquiétude, mais l'officier n'y était plus — et elle l'oublia.

Deux ou trois jours plus tard, au moment de monter en carrosse avec la comtesse, elle le revit. Il était devant l'entrée, le visage dissimulé derrière un collet de castor. Ses yeux noirs luisaient sous son chapeau rabattu. Lizaveta Ivanovna prit peur, sans trop savoir de quoi, et monta dans la voiture en frissonnant de façon inexplicable [1].

À son retour, elle courut à la fenêtre : l'officier, fidèle au poste, avait les yeux fixés sur elle. Elle recula, torturée de curiosité et en proie à un sentiment jamais éprouvé.

Dès lors, il ne se passa pas de jour que le jeune homme ne parût à l'heure dite sous les fenêtres de la maison. Des rapports muets s'établirent entre eux. Assise à son ouvrage, elle pressentait son arrivée, levait la tête et lui accordait un regard chaque jour plus prolongé. Le jeune homme semblait lui en être reconnaissant : elle voyait, de l'œil acéré de la jeunesse, la rougeur subite qui envahissait ses joues pâles à chaque fois que leurs yeux se rencontraient. Au bout d'une semaine, elle lui sourit...

Lorsque Tomski demanda à la comtesse la permis-

---

1. Le livret de Tchaïkovski a tiré parti de ce motif pour construire un quatuor où chacun, la comtesse, Lise, Hermann et un quatrième larron inventé pour la circonstance, exprime sa crainte. Le quatuor est fort beau, mais il déforme la donnée pouchkinienne. Hermann fait peur à Lizaveta Ivanovna, parce qu'il lui donne l'impression de surgir d'un autre monde. Hermann, lui aussi, sera mis en présence d'apparitions venues du fond de l'inconnu.

sion de lui présenter son camarade, le cœur de la pauvre fille battit plus fort. Mais apprenant que Naroumov était officier aux chevaliers-gardes et non au génie, elle regretta d'avoir, par une question imprudente, livré son secret à cet écervelé de Tomski.

Hermann était fils d'un Allemand russifié qui lui avait laissé un modeste capital. Fermement persuadé d'avoir à affirmer son indépendance, Hermann ne touchait même pas aux intérêts, vivait sur sa solde et ne se permettait pas le moindre écart. Au demeurant, il était d'un naturel renfermé et ombrageux, et ses camarades n'avaient guère l'occasion de railler sa parcimonie. Il nourrissait des passions fortes et une imagination de feu, mais sa fermeté d'âme le mettait à l'abri des égarements ordinaires de la jeunesse. Ainsi, joueur dans l'âme, il n'avait jamais touché une carte, ayant arrêté que son état (comme il avait coutume de dire) ne lui permettait pas de sacrifier le nécessaire à l'espoir d'acquérir le superflu. Il n'en passait pas moins ses nuits devant des tapis verts à suivre fébrilement les péripéties du jeu.

L'histoire des trois cartes, qui avait vivement frappé son imagination, le hanta toute la nuit. « Supposons, se disait-il le lendemain soir en arpentant les rues de Pétersbourg, supposons que la vieille comtesse me livre son secret, ou me révèle ces trois cartes ! Pourquoi ne tenterais-je pas ma chance ?... Me faire présenter à elle, gagner ses bonnes grâces, devenir son amant... pourquoi pas ? Mais tout cela exige du temps... et elle a quatre-vingt-sept ans, elle peut mourir dans la semaine... dans deux jours ! Et puis, cette histoire, peut-on y croire vraiment ? Non ! économie, modération et labeur, voilà mes vraies cartes, voilà ce qui triplera, septuplera mon capital et me procurera tranquillité et indépendance ! »

Soliloquant de la sorte, il se retrouva dans une des grandes avenues de Pétersbourg, devant une demeure d'architecture ancienne. La rue était encombrée de voitures, les carrosses se succédaient devant l'entrée illuminée. Des portières, s'échappaient tantôt la jambe bien faite d'une jeune beauté, tantôt une botte à l'éperon tintinnabulant, tantôt le bas rayé et le soulier à boucle d'un diplomate. Pelisses et capes défilaient devant un suisse[1] majestueux. Hermann s'arrêta.

— Qui demeure ici ? s'enquit-il auprès d'un factionnaire[2].

— La comtesse***, répondit l'homme.

Hermann frémit. L'extraordinaire histoire des trois cartes lui revint en mémoire. Il se mit à arpenter le trottoir, songeant à la comtesse et à son étonnant sortilège. Il était tard lorsqu'il regagna son galetas ; il mit longtemps à trouver le sommeil. Enfin vaincu par la fatigue, il rêva de cartes, de tapis vert, de liasses de billets et de monceaux d'or. Il misait coup sur coup, cornait résolument les cartes, gagnait sans discontinuer, attirait à lui les tas d'or et empochait les billets. Réveillé tard, avec un soupir de regret pour cette fabuleuse richesse, il s'en alla derechef errer par la ville et se retrouva devant la demeure de la comtesse***. Il semblait qu'une force mystérieuse l'y attirât. Il s'arrêta et regarda les fenêtres. Derrière l'une d'elles il entrevit la tête d'une femme penchée sur un livre ou sur un ouvrage. La tête se releva. Hermann aperçut un frais minois et des yeux noirs. Cet instant décida de son sort.

---

1. Le « suisse » est un portier. Il y a beau temps que les portiers ne viennent plus tous des cantons suisses. 2. « Factionnaire », ou sergent de ville (voir p. 122, note 2).

III

*Vous m'écrivez, mon ange, des lettres de
quatre pages plus vite que je ne peux les lire*[1].

Correspondance.

Lizaveta Ivanovna n'eut pas plus tôt retiré sa pèlerine et son chapeau que la comtesse la rappelait et
ordonnait d'atteler une nouvelle fois. Elles se disposè-
rent à monter en voiture. Au moment même où deux
laquais soulevaient la vieille dame et la poussaient par
la portière, Lizaveta Ivanovna aperçut, appuyé contre
la roue du carrosse, son officier du génie. Il lui prit la
main ; elle en demeura stupide de frayeur. Le jeune
homme disparut et elle retrouva dans sa main un billet.
Elle l'enfonça dans son gant et, de tout le trajet, n'entendit ni ne vit plus rien. En voiture, la comtesse avait
l'habitude de poser mille questions : Qui avons-nous
croisé ? Comment s'appelle ce pont ? Qu'y a-t-il
d'écrit sur cette enseigne ? Comme cette fois-ci Lizaveta Ivanovna répondait hors de propos, la comtesse se
fâcha :

— Ah ! ça, ma fille, qu'est-ce qu'il t'arrive ? Serais-
tu malade ? Tu ne m'entends pas ou tu ne me
comprends pas ? Dieu soit loué, je ne bafouille pas, je
ne suis pas encore gâteuse.

Mais Lizaveta Ivanovna ne l'écoutait pas. Au retour,
elle se précipita dans sa chambre, tira de son gant le
billet : il n'était pas cacheté. Lizaveta Ivanovna le lut.
La missive contenait une déclaration d'amour ; elle
était tendre, respectueuse et empruntée mot pour mot
à un roman allemand. Mais Lizaveta Ivanovna ne
connaissait pas l'allemand et fut ravie.

Toutefois, d'avoir accepté cette lettre ne laissait pas

---

1. Épigraphe en français.

de l'inquiéter vivement. Pour la première fois elle entrait en relations suivies et secrètes avec un jeune homme. La témérité de celui-ci l'épouvantait. Elle se reprochait son imprudence et ne savait quel parti prendre : ne plus s'asseoir à la fenêtre, et par son indifférence retirer à ce jeune officier l'envie de poursuivre ses assiduités ? Lui renvoyer sa lettre ? Lui répondre avec froideur et détermination ? Elle n'avait ni amie ni éducatrice, personne à qui demander conseil. Lizaveta Ivanovna résolut de répondre.

Elle s'installa devant un petit bureau, prit une plume, du papier — et songea. Elle recommença plusieurs fois sa lettre : les termes lui en paraissaient tantôt trop indulgents, tantôt trop durs. Elle réussit enfin à rédiger quelques lignes qui lui donnèrent satisfaction : « Je suis persuadée, écrivait-elle, que vos intentions sont honnêtes et que vous n'avez pas voulu m'offenser par votre conduite inconsidérée ; mais nos relations ne devraient pas s'engager de cette façon. Je vous renvoie votre lettre en espérant n'avoir plus de motifs de me plaindre d'un manque d'égards immérité. »

Le lendemain, voyant Hermann arriver, Lizaveta Ivanovna quitta son ouvrage, passa au salon, ouvrit un vasistas et lui lança le billet en espérant qu'il ferait preuve de célérité. Hermann se précipita, le ramassa et entra dans une confiserie. Ayant brisé le cachet, il trouva sa lettre et celle de Lizaveta Ivanovna — comme il s'y attendait. Il retourna chez lui, fort préoccupé de son aventure.

Trois jours plus tard, une petite demoiselle aux yeux fripons, vendeuse dans une boutique de modes, apporta un billet à Lizaveta Ivanovna qui l'ouvrit avec inquiétude, craignant quelque demande d'argent. Elle reconnut l'écriture d'Hermann.

— Vous faites erreur, mademoiselle, ce billet ne m'est pas adressé.

— Si fait, si fait, rétorqua la grisette avec un sourire impertinent et malicieux. Donnez-vous la peine de lire.

Lizaveta Ivanovna parcourut la lettre. Hermann réclamait un rendez-vous.

— Ce n'est pas possible ! s'écria-t-elle, effrayée et par cette exigence et par le procédé. Ce n'est certainement pas pour moi !

Et elle déchira le billet en menus morceaux.

— Si la lettre n'était pas pour vous, pourquoi l'avoir déchirée ? fit observer la demoiselle. Je l'aurais rendue à celui qui me l'a donnée.

La remarque fit rougir Lizaveta Ivanovna.

— Je vous prierais, ma chère, de ne plus me porter de billets. Et dites à celui qui vous envoie qu'il devrait avoir honte...

Mais Hermann ne se découragea pas. Chaque jour, Lizaveta Ivanovna recevait des lettres de lui, acheminées d'une façon ou d'une autre. Celles-ci n'étaient plus traduites de l'allemand. Hermann les écrivait sous l'empire de la passion et y tenait le langage qui était le sien ; ces lettres exprimaient la violence de ses désirs et le désordre d'une imagination fougueuse.

Lizaveta Ivanovna ne songeait plus à les renvoyer, elle s'en enivrait ; elle répondit et ses billets se firent de jour en jour plus longs et plus tendres. Enfin, elle lança par la fenêtre la lettre que voici :

« Il y a bal, ce soir, chez l'ambassadeur de ***. La comtesse y sera. Nous resterons jusqu'à deux heures environ. Voilà pour vous l'occasion de me voir en particulier. Aussitôt que la comtesse sera sortie, ses gens vont probablement se retirer ; il ne restera que le portier à l'entrée, mais lui aussi s'enferme d'ordinaire dans sa loge. Venez à onze heures et demie. Prenez l'escalier. Si vous faites une rencontre dans l'antichambre, demandez si la comtesse est chez elle. On vous dira que non, et il ne vous restera qu'à repartir. Mais il est probable que vous ne rencontrerez personne. Les filles se tiennent chez elles, dans une seule pièce. Dans l'antichambre, vous prendrez à gauche, puis tout droit jusqu'à la chambre de la comtesse. Là, derrière un paravent, vous découvrirez deux petites portes : celle de droite donne sur un cabinet de travail où la comtesse n'entre jamais ; celle de gauche sur un corridor et un escalier en colimaçon qui mène à ma chambre. »

Hermann frémissait comme un tigre, attendant l'heure dite. À dix heures du soir, il était déjà posté devant la maison de la comtesse. Il faisait un temps affreux : le vent mugissait, la neige tombait à gros flocons ; les lampadaires luisaient faiblement ; les rues étaient désertes. De temps à autre, un conducteur de traîneau poussait sa rosse efflanquée, en quête d'un client attardé. Vêtu de sa seule redingote, Hermann était insensible au vent et à la neige. Le carrosse de la comtesse fut enfin avancé. Hermann vit sortir la vieillarde ratatinée, portée à bout de bras par ses laquais, emmitouflée dans une pelisse de zibeline ; derrière elle sa pupille, couverte d'une cape légère, la coiffure ornée de fleurs. Les portières claquèrent, le carrosse roula pesamment sur la neige molle. Le suisse referma la porte. Les fenêtres s'obscurcirent.

Hermann allait et venait le long de la maison désertée ; il s'approcha du lampadaire pour consulter sa montre : il était onze heures vingt. Il demeura sous le lampadaire, les yeux fixés sur l'aiguille de la montre, attendant que s'écoulent les minutes. À onze heures et demie exactement, Hermann gravit les marches et pénétra dans le vestibule brillamment éclairé. Le suisse n'y était pas. Hermann monta promptement l'escalier, ouvrit la porte de l'antichambre et aperçut un laquais endormi sous une lampe, dans un fauteuil ancien à la tapisserie tachée. Hermann passa devant lui d'un pas léger et assuré. La salle d'apparat et le salon étaient plongés dans la pénombre. La lampe de l'antichambre les éclairait à peine. Hermann pénétra dans la chambre à coucher. Une veilleuse en or luisait faiblement devant des icônes anciennes. Des fauteuils et des canapés de couleurs passées, garnis de coussins aux dorures ternies[1], s'alignaient en une morne symétrie le long des murs tapissés de motifs chinois. Deux portraits, peints à Paris par Mme Lebrun[2], ornaient les murs. L'un représentait un homme d'une quarantaine d'années, corpulent, le teint vermeil, en habit vert clair agrémenté d'une étoile ; l'autre, une femme jeune et belle, au nez aquilin, avec une rose piquée dans ses cheveux poudrés à frimas. Tous les coins de la pièce étaient garnis de bergères en porcelaine, de pendules du fameux Leroy, de boîtes, de jouets, d'éventails et autres colifichets inventés à la fin du siècle dernier en même temps que la montgolfière et le mesmérisme. Hermann passa derrière le paravent. Il y découvrit un petit lit de fer ; à droite, la porte menant au cabinet de travail ; à gauche, celle du corridor. Hermann l'ouvrit, aperçut l'escalier en colimaçon conduisant à la chambre de la pauvre pupille. Mais il revint sur ses pas et entra dans le cabinet obscur.

Le temps s'écoulait lentement. Le silence régnait. Minuit sonna au salon ; dans toutes les pièces de la maison, des horloges sonnèrent aussi tour à tour, puis le silence retomba. Hermann se tenait debout, adossé au poêle refroidi. Il était calme ; les battements de son cœur étaient réguliers, comme ceux d'un homme qui

---

1. On remarque la présence de nombreux mots qui disent le vieillissement, voire le délabrement : « tapisserie tachée », « couleurs passées », « dorures ternies ». Ces notations préparent le contraste entre le portrait d'une jeune femme « avec une rose piquée dans ses cheveux » et le personnage de la vieille comtesse qui porte une « coiffe ornée de roses ».   **2.** Toute une série de termes sert à évoquer la fin du XVIIIe siècle. Élisabeth Vigée-Lebrun (1755-1842) a peint des portraits remarqués. Le Roy est le nom de toute une famille d'horlogers. La première montgolfière s'est envolée en 1783. Mesmer (1734-1815) avait su donner un tour mondain et spectaculaire à ses recherches sur le magnétisme. Les « jouets » dont il est question portent dans le texte russe le nom de *rouletki*. Il semble qu'il s'agisse de ce que nous appelons « yo-yo ». Le nom français, en 1815, quand a sévi la grande mode de ce jeu, était « émigrette ». Pouchkine a-t-il commis consciemment un léger anachronisme ?

a pris une décision dangereuse mais nécessaire. Les pendules sonnèrent une heure, puis deux heures du matin, et il entendit le roulement éloigné du carrosse. Un trouble involontaire s'empara de lui. Le carrosse s'arrêta devant la maison. Des domestiques accoururent, des voix retentirent, la maison s'éclaira. Trois vieilles cameristes entrèrent dans la chambre et la comtesse, plus morte que vive, parut et se laissa tomber dans un fauteuil voltaire. Hermann regardait par un interstice du paravent. Lizaveta Ivanovna passa devant lui. Hermann entendit ses pas hâtifs sur les marches de l'escalier. Quelque chose qui ressemblait à un remords remua dans son cœur, puis disparut. Il était comme pétrifié.

La comtesse entreprit de se déshabiller devant son miroir. On dégrafa sa coiffe ornée de roses ; on ôta la perruque poudrée de sa tête aux cheveux blancs coupés ras. Les épingles pleuvaient autour d'elle. La robe jaune brodée d'argent tomba sur ses pieds enflés. Hermann fut témoin des répugnants mystères [1] de sa toilette ; enfin, la comtesse fut revêtue de sa cotte et de son bonnet de nuit ; cette tenue, qui convenait davantage à son grand âge, la faisait paraître moins horrible, moins hideuse.

Comme toutes les vieilles gens, la comtesse souffrait d'insomnies. Apprêtée pour la nuit, elle s'installa dans le fauteuil près de la fenêtre et renvoya ses femmes. On emporta les chandelles et la chambre ne fut plus éclairée que par la veilleuse. La comtesse, toute jaune, remuait ses lèvres pendantes et se balançait de droite et de gauche. Son regard trouble ne reflétait qu'une absence totale de pensée ; on aurait cru, à la voir, que

---

1. La connotation religieuse du mot « mystère » se trouve également dans le mot russe choisi par Pouchkine. Le déshabillage de la vieille femme est comme une révélation de l'au-delà. L'autre monde est horrible.

son balancement était indépendant de sa volonté, un effet de quelque galvanisme [1] caché.

Soudain, ce visage mort s'altéra de façon indescriptible. Les lèvres cessèrent de remuer, le regard s'anima : un homme, un inconnu se tenait devant elle [2].

— Ne craignez rien, au nom du Ciel, ne craignez rien ! dit-il à mi-voix mais distinctement. Je ne vous veux aucun mal ; je suis venu implorer une grâce.

La vieillarde le fixait en silence et ne semblait pas l'entendre. Hermann la crut sourde et se pencha pour lui répéter ses propos à l'oreille. La vieille continua de se taire.

— Vous pouvez, poursuivit Hermann, faire le bonheur de ma vie sans qu'il vous en coûte rien ; je sais que vous avez le pouvoir de deviner trois cartes gagnantes d'affilée...

Hermann s'interrompit. La comtesse paraissait avoir compris ce que l'on exigeait d'elle et semblait chercher les mots pour répondre.

— C'était une plaisanterie, déclara-t-elle enfin. Une plaisanterie, je vous le jure !

— Il n'y a pas là matière à plaisanter, répliqua Hermann avec irritation. Rappelez-vous Tchaplitski que vous avez aidé à se refaire.

La comtesse montra quelque trouble. Son visage trahit un violent mouvement de l'âme, mais elle retomba aussitôt dans son hébétude.

— Pouvez-vous, poursuivait Hermann, me désigner ces trois cartes gagnantes ?

_____

1. Le galvanisme est une théorie liée aux premiers travaux sur l'électricité. Luigi Galvani (1737-1798) a longtemps polémiqué avec Alessandro Volta (1745-1827), l'inventeur de la pile qui porte son nom. Il soutenait l'existence d'une électricité propre aux êtres vivants. C'est cette électricité qui animerait la comtesse. Il est bon de se rappeler que la théorie de Galvani reposait sur l'observation de contractions chez des grenouilles mortes. La comtesse ne vivrait pas plus que ces malheureux batraciens. 2. La narration évite, curieusement, de nommer Hermann. Et, juste après, elle évite l'inévitable « car c'était lui ».

La comtesse ne répondit pas ; Hermann insista.

— Pour qui gardez-vous votre secret ? Pour vos petits-enfants ? Ils sont riches et n'en ont pas besoin, et d'ailleurs, ils ne connaissent pas le prix de l'argent. À qui jette l'argent par les fenêtres vos trois cartes ne seront d'aucun secours. Qui ne sait pas préserver l'héritage paternel mourra dans la misère, en dépit de tous les artifices du démon[1]. Je ne suis pas un prodigue, je connais le prix de l'argent. Avec moi, vos trois cartes ne seront pas perdues. Alors ?

Il se tut et attendit, tremblant, sa réponse. La comtesse resta muette ; Hermann tomba à genoux.

— Si votre cœur a jamais ressenti de l'amour, si vous avez gardé le souvenir de ses emportements, si vous avez souri, ne fût-ce qu'une fois, aux pleurs d'un fils nouveau-né, si quelque chose d'humain a jamais palpité dans votre poitrine, je vous adjure, par les sentiments d'une épouse, d'une amante, d'une mère — par tout ce qu'il y a de sacré dans la vie ! — ne repoussez pas ma requête, révélez-moi votre secret ! À quoi vous servirait-il ? Peut-être est-il lié à un péché terrible, à la perte du salut éternel, à un pacte diabolique[2]... Songez-y, vous êtes âgée, il ne vous reste plus longtemps à vivre — je suis prêt à prendre ce péché sur moi... Révélez-moi seulement votre secret. Songez que vous tenez le bonheur d'un homme entre vos mains ; que moi-même, mais aussi mes enfants, mes petits-enfants et mes arrière-petits-enfants béniront votre mémoire et la vénéreront comme celle d'une sainte.

La vieille femme demeurait muette.

Hermann se mit debout.

---

1. La prodigalité est le vice de la noblesse russe. Les récits de Belkine reviennent plus d'une fois sur ce motif (voir les notes p. 72 et 156). Voir, dans *Le Maître de poste*, le rôle symbolique joué par la parabole du fils prodigue. **2.** Le motif du pacte diabolique conduit à l'insulte, autrement banale : « vieille sorcière ». Il annonce aussi la mention de Méphistophélès.

— Vieille sorcière ! fit-il entre ses dents. Je t'obligerai bien à me répondre.

Et sur ces mots, il tira un pistolet de sa poche.

À la vue du pistolet, la comtesse, pour la seconde fois, laissa paraître un sentiment violent. Elle hocha la tête et leva la main, comme pour se protéger d'un coup de feu. Puis elle roula à terre et resta étendue de tout son long, sans mouvement.

— Trêve d'enfantillages, dit Hermann en lui saisissant la main. Je vous le demande pour la dernière fois : voulez-vous me désigner vos trois cartes ? Oui ou non ?

La comtesse ne répondit pas. Hermann s'avisa qu'elle était morte.

IV

7 mai 18**
Homme sans mœurs et sans religion[1] !

Correspondance.

Lizaveta Ivanovna était chez elle, encore en toilette de bal, profondément plongée dans ses pensées. Aussitôt rentrée, elle avait renvoyé la fille bouffie de sommeil qui lui offrait de mauvaise grâce ses services en lui assurant qu'elle se déshabillerait seule. Elle avait pénétré dans sa chambre en tremblant, espérant y trouver Hermann et priant pour qu'il ne s'y trouve pas.

Elle constata son absence et rendit grâce au sort qui faisait obstacle à leur rencontre. Elle s'assit sans s'être dévêtue et se remémora toutes les circonstances qui l'avaient conduite si loin, en si peu de temps.

---

1. Épigraphe en français.

Trois semaines ne s'étaient pas écoulées depuis le jour où pour la première fois elle avait aperçu le jeune homme par la fenêtre — et déjà elle était en correspondance avec lui, et déjà il avait exigé et obtenu un rendez-vous nocturne ! Elle ne connaissait son nom que parce que certaines de ses lettres étaient signées ; elle n'avait jamais causé avec lui, jamais entendu le son de sa voix, jamais entendu parler de lui... jusqu'à ce soir précisément. Comme c'était étrange ! Ce soir-là justement, au bal, Tomski — boudant la jeune princesse Pauline*** laquelle, contre son habitude, faisait la coquette avec un autre — avait voulu la punir en affectant l'indifférence ; il avait invité Lizaveta Ivanovna pour une mazurka interminable. Pendant tout ce temps, il l'avait plaisantée sur son penchant pour les officiers du génie, prétendant qu'il en savait sur son compte bien plus qu'elle ne pouvait imaginer, et certaines de ses railleries touchaient si juste que Lizaveta Ivanovna craignit à plusieurs reprises que son secret fût connu de lui.

— De qui tenez-vous tout cela ? lui demanda-t-elle en riant.

— D'un camarade de la personne que vous savez, répondit Tomski, un homme des plus remarquables.

— Et qui est donc cet homme remarquable ?

— Il s'appelle Hermann.

Lizaveta Ivanovna ne répondit pas, mais un froid de glace saisit ses mains et ses pieds...

— Cet Hermann, poursuivit Tomski, est un vrai personnage de roman : il a le profil de Napoléon et l'âme de Méphistophélès[1]. Je présume qu'il n'a pas

---

1. Nous avons oublié quel effet équivoque a produit en son temps, surtout hors de France, le personnage de Napoléon. On voyait en lui un admirable génie, mais un génie funeste. On ne s'étonnera pas de le trouver sur le même plan que Méphistophélès, le démon attaché à Faust, que ce soit dans la tragédie de Goethe, ou dans la brève *Scène de Faust*, de Pouchkine lui-même. La mention de « forfaits » convient à l'un et à l'autre. — La narration est revenue en arrière. Au moment où Tomski fait danser Lizaveta

moins de trois forfaits sur la conscience. Comme vous êtes pâle soudain !...

— J'ai mal à la tête... Et que vous a dit Hermann... si c'est bien son nom ?

— Hermann est fort mécontent de son camarade : il affirme qu'à sa place, il se conduirait tout autrement... J'inclinerais même à croire qu'Hermann a des vues sur vous, à tout le moins est-il le confident intéressé des épanchements amoureux de son ami.

— Mais quand m'aurait-il vue ?

— À l'église peut-être, ou à la promenade, Dieu sait ! Peut-être même dans votre propre chambre quand vous dormiez, cela lui ressemblerait assez...

Trois dames, les abordant avec la question « oubli ou regret [1] », avaient mis un terme à une conversation qui commençait à susciter la curiosité lancinante de Lizaveta Ivanovna.

La dame élue par Tomski était la princesse*** elle-même. Elle avait déjà eu le loisir de s'expliquer avec lui en faisant un tour de plus et en virevoltant une fois de trop devant sa chaise. Tomski avait regagné sa place, ne pensant plus à Hermann ni à Lizaveta Ivanovna. Celle-ci aurait bien voulu poursuivre l'entretien interrompu mais la mazurka s'était achevée et la vieille comtesse était partie peu après.

Les propos de Tomski n'avaient été que badinage, mais ils étaient restés gravés dans le cœur de la jeune rêveuse. Le portrait esquissé par Tomski coïncidait avec l'image qu'elle-même s'était faite d'Hermann. Ce

---

Ivanovna, Hermann n'a pas encore causé la mort de la vieille comtesse. L'hypothèse de Tomski est prophétique. — Plus d'un lecteur a été tenté de comparer Hermann au Raskolnikov de Dostoïevski. On note que le héros de *Crime et Châtiment* a une grande admiration pour Napoléon, qu'il considère comme un criminel, mais comme un homme supérieur.

1. Le jeu « oubli ou regret » (en français dans le texte) permet de constituer des couples pour la prochaine danse. Le cavalier interrogé ne sait évidemment pas quelles sont les deux dames désignées par les deux mots. Il choisit à l'aveuglette.

personnage banal que les romans[1] avaient déjà mis à la mode l'effrayait et la séduisait tout à la fois. Elle était assise, les bras nus et croisés, penchant sur sa gorge découverte sa tête encore ornée de fleurs...

Soudain la porte s'ouvrit et Hermann entra.

Elle trembla...

— Où étiez-vous donc ? chuchota-t-elle, terrifiée.

— Dans la chambre de la vieille comtesse, répondit Hermann. J'en viens. La comtesse est morte.

— Seigneur ! Que dites-vous là ?

— Et il semble, poursuivit Hermann, que je sois cause de sa mort.

Lizaveta Ivanovna leva les yeux sur lui et les paroles de Tomski résonnèrent en elle : *cet homme n'a pas moins de trois forfaits sur la conscience !* Hermann s'assit près d'elle, sur l'appui de la fenêtre, et lui raconta tout.

Lizaveta Ivanovna l'écoutait, horrifiée. Ainsi, ces lettres passionnées, ces supplications enflammées, cette obstination téméraire à la poursuivre, tout cela n'était pas de l'amour ! L'argent, voilà de quoi son âme était assoiffée ! Ce n'est pas elle qui aurait pu assouvir ses désirs et le rendre heureux ! La pauvre pupille n'était rien d'autre que la complice aveugle d'un scélérat, de l'assassin de sa vieille bienfaitrice !... Elle versa les larmes amères d'un repentir tardif et déchirant.

Hermann la considérait en silence : son cœur souffrait aussi, mais ni les larmes de la malheureuse fille ni sa détresse étrangement séduisante ne troublaient ce cœur endurci. Il n'éprouvait aucun remords en pensant à la vieille femme morte. Une seule chose l'accablait : la perte irréparable du secret dont il espérait la fortune.

— Vous êtes un monstre ! dit enfin Lizaveta Ivanovna.

---

1. La mention des romans « frénétiques » (voir note 1, p. 38) prépare le mot « monstre ».

— Je ne voulais pas sa mort, répondit Hermann. Mon pistolet n'est pas chargé.

Ils se turent.

L'aube était survenue. Lizaveta Ivanovna éteignit la chandelle mourante : un jour blême éclaira la chambre. Elle essuya ses yeux éplorés et les leva sur Hermann : il était assis sur l'appui de la fenêtre, les bras croisés, fronçant un sourcil menaçant. Dans cette attitude, il rappelait de façon étonnante le portrait de Napoléon. Même Lizaveta Ivanovna fut frappée par cette ressemblance.

— Comment allez-vous sortir d'ici ? demanda-t-elle enfin. Je pensais vous conduire par l'escalier dérobé, mais il faudrait passer devant la chambre, et j'ai peur.

— Expliquez-moi comment arriver à cet escalier dérobé, et je trouverai.

Lizaveta Ivanovna se leva, prit une clef dans la commode, la remit à Hermann et lui fit des recommandations minutieuses. Hermann serra sa main froide et insensible, déposa un baiser sur sa tête penchée et sortit.

Il descendit l'escalier en colimaçon et aboutit dans la chambre de la comtesse. La vieille femme morte était assise, pétrifiée [1] ; ses traits exprimaient un calme profond. Hermann s'arrêta devant elle, la contempla longuement comme pour s'assurer de l'affreuse vérité ; puis il pénétra dans le cabinet, découvrit à tâtons une porte sous la tapisserie et s'engagea dans l'escalier obscur, tourmenté d'étranges sentiments. Peut-être que par ce même escalier un jeune amant comblé s'était introduit soixante ans auparavant, à la même heure, en habit brodé, coiffé à l'oiseau royal [2], pressant son tri-

---

1. Le mot « pétrifié » a été employé plus haut à propos d'Hermann. La répétition est dans l'original. Elle établit, à travers les métaphores, un curieux rapprochement entre les deux personnages.
2. « À l'oiseau royal » est en français dans le texte. Cette expression, pour moi mystérieuse, est la dernière allusion au XVIIIᵉ siècle français, passé enchanteur, désormais voué à la pourriture.

corne sur sa poitrine... Il pourrissait depuis longtemps dans sa tombe et, aujourd'hui, le cœur de sa vieille maîtresse avait cessé de battre.

Hermann découvrit sous l'escalier une porte qu'il déverrouilla avec la même clef, et il se retrouva dans un corridor qui le conduisit dans la rue.

V

> *La défunte baronne von W*** m'est apparue cette nuit-là. Elle était vêtue de blanc et me dit : « Bonjour, monsieur le Conseiller ! »*
>
> Swedenborg[1]

Trois jours après cette nuit fatale, Hermann se rendit au monastère de *** où un office funèbre devait être célébré pour la défunte comtesse. Sans pour autant éprouver de remords, il était incapable de faire taire complètement la voix de sa conscience qui le harcelait : tu es l'assassin de la vieille ! N'ayant guère de vraie foi, il nourrissait une multitude de superstitions[2]. Persuadé que la comtesse morte pourrait avoir une influence néfaste sur sa vie, il avait résolu de se rendre à ses funérailles pour solliciter son pardon.

L'église était pleine de monde. Hermann se fraya

---

1. On n'a, paraît-il, jamais retrouvé dans l'immense œuvre de Swedenborg la phrase que Pouchkine cite ici en russe. Swedenborg, philosophe et mystique suédois (1688-1772), a longuement décrit ses visions. Le caractère banal de celle que rapporte Pouchkine n'est pas un argument suffisant pour conclure à la parodie. — On sait que Balzac était un grand admirateur de Swedenborg, comme en témoigne son roman *Séraphîta*. **2.** Le fantastique romantique joue souvent de ces superstitions qui, chez des personnes éclairées, se substituent à une conviction religieuse défaillante.

difficilement un chemin dans la foule. Le cercueil avait été dressé sur un somptueux catafalque, sous un dais de velours. La défunte gisait[1], les mains croisées sur la poitrine, coiffée de dentelles et revêtue d'une robe de satin blanc, entourée de sa maisonnée : laquais en habits noirs portant des rubans armoriés à l'épaule et tenant des cierges à la main ; la famille en grand deuil — enfants, petits-enfants et arrière-petits-enfants. Personne ne pleurait : les larmes eussent été une affectation. La comtesse était si âgée que sa disparition ne pouvait surprendre personne et sa famille la tenait pour morte depuis longtemps[2]. Un jeune archiprêtre prononça l'oraison funèbre. En termes simples et émouvants il dépeignit le décès paisible d'une femme juste dont les longues années avaient été la sereine et édifiante préparation à une fin chrétienne. « L'ange de la mort, dit l'orateur, l'a reçue alors qu'elle veillait en de pieuses méditations, dans l'attente du Fiancé de minuit[3]. » L'office se déroula dans une tristesse décente. La famille se présenta en tête pour les derniers adieux. Ce fut ensuite le tour des nombreuses personnes conviées à la cérémonie pour prendre congé de celle qui pendant si longtemps avait participé à leurs frivoles divertissements. Après eux, vinrent les domestiques. On vit enfin arriver une vieille suivante, contemporaine de la défunte. Deux servantes la soutenaient. Elle n'avait pas la force de saluer jusqu'à terre, et elle fut la seule à verser quelques larmes en baisant la main glacée de sa maîtresse. C'est après elle qu'Her-

---

1. La coutume, en Russie, est de ne fermer le cercueil qu'avant de le descendre dans la tombe.   2. « Sa famille la tenait pour morte depuis longtemps » : la métaphore n'est pas innocente.   3. L'ange de la mort est étranger à la phraséologie chrétienne. C'est plutôt dans les traditions islamiques qu'on le rencontrerait sous le nom d'Azraël. Le Fiancé de minuit est en revanche le personnage principal de la parabole évangélique des vierges sages et des vierges folles (Matthieu, 25). Il est tentant de penser que la narration détourne de leur sens premier les deux figures pour en faire des métaphores d'Hermann.

mann se décida à approcher de la dépouille. Il s'inclina profondément et demeura quelques minutes prosterné sur le sol froid jonché de branches de sapin. Il se releva enfin, pâle comme la morte elle-même, gravit les degrés du catafalque et se pencha... En cet instant, il lui sembla que la morte lui adressait un regard moqueur et un clin d'œil.

Hermann recula précipitamment, manqua une marche et tomba à la renverse. On le releva. Au même moment, on emportait sur le parvis Lizaveta Ivanovna, sans connaissance. Cet épisode troubla quelques instants la solennité du rite macabre. Une rumeur sourde s'éleva dans l'assistance tandis qu'un chambellan plutôt maigre, proche parent de la défunte, susurrait à l'oreille de son voisin, un Anglais, que le jeune officier était un enfant naturel de la comtesse, à quoi l'Anglais répondit, impassible : « Oh ? »

Toute la journée, Hermann broya du noir. Il déjeuna dans une gargote peu fréquentée et, contre son habitude, but beaucoup dans l'espoir d'apaiser son angoisse. Mais le vin échauffait encore plus son imagination. De retour chez lui, il se jeta tout habillé sur son lit et sombra dans un sommeil profond.

Il faisait nuit quand il s'éveilla : la lune éclairait sa chambre. À sa montre, il était trois heures moins le quart. Il n'avait plus sommeil ; il s'assit sur son lit en songeant aux funérailles de la vieille comtesse.

En cet instant, quelqu'un, au-dehors, regarda par sa fenêtre et disparut aussitôt. Hermann n'y prêta aucune attention. Au bout d'un moment, il entendit la porte d'entrée s'ouvrir. Hermann pensa que son ordonnance rentrait de ses pérégrinations nocturnes, ivre comme à l'accoutumée. Mais la démarche lui était inconnue : c'était comme un bruit feutré de pantoufles. La porte s'ouvrit, une femme vêtue de blanc entra. Hermann la prit pour sa vieille nourrice et se demanda ce qui pouvait l'amener à une heure pareille. La femme en blanc avança de son pas glissant et se dressa devant lui : Hermann reconnut la comtesse.

— Je suis venue chez toi contre mon gré, dit-elle d'une voix ferme, mais il m'a été ordonné[1] d'exaucer ta requête. Le trois, le sept et l'as gagneront d'affilée, mais tu dois miser une seule carte par jour et ne plus jamais jouer de ta vie ensuite. Je te pardonne ma mort à la condition que tu épouses ma pupille Lizaveta Ivanovna...

Sur ces mots, elle pivota lentement sur elle-même, marcha vers la sortie et disparut en traînant ses pantoufles. Hermann entendit claquer la porte d'entrée et aperçut quelqu'un qui, une nouvelle fois, regardait par sa fenêtre.

Hermann mit longtemps à recouvrer ses esprits. Il passa dans la pièce voisine. Son ordonnance dormait par terre ; non sans peine, Hermann le réveilla. L'ordonnance était ivre, à son habitude : impossible d'en tirer un mot de bon sens. La porte d'entrée était verrouillée. Hermann rentra dans sa chambre, alluma la chandelle et consigna sa vision sur le papier.

VI

— *Attendez !*
— *Comment osez-vous me dire « attendez » ?*
— *Votre Excellence, j'ai dit « veuillez attendre*[2] *! ».*

Deux idées fixes ne sauraient exister ensemble dans le monde moral, pas plus que deux corps ne sauraient occuper la même place dans le monde physique. Très vite, le trois, le sept et l'as éclipsèrent, dans l'imagina-

---

1. On ne saura jamais qui a donné cet ordre. **2.** Épigraphe en russe, mais le mot « attendez », terme de jeu, est un emprunt au français.

tion d'Hermann, le souvenir de la vieille femme morte. Le trois, le sept et l'as ne lui sortaient pas de l'esprit et remuaient sur ses lèvres. À la vue d'une jeune personne, il disait « Quelle sveltesse ! Un vrai trois de cœur ! ». Lui demandait-on l'heure, il répondait : « Le sept moins cinq. » Tout homme bedonnant le faisait penser à un as. Le trois, le sept et l'as hantaient ses rêves et revêtaient toutes les apparences imaginables : le trois fleurissait devant lui sous l'aspect d'une somptueuse grandiflore[1], le sept se muait en un portail gothique, l'as en une énorme araignée. Toutes ses pensées se confondaient en une — utiliser le secret qu'il lui en avait tant coûté d'acquérir. Il songea à quitter le service et à voyager. Il aurait voulu soutirer son trésor à la fortune ensorcelée, dans les maisons de jeu de Paris. Le hasard le tira d'embarras.

Une société de riches joueurs s'était formée à Moscou sous la présidence du fameux Tchekalinski, qui avait passé sa vie devant le tapis vert et avait naguère amassé des millions en gagnant des lettres de change et en perdant des espèces sonnantes. Sa longue expérience lui avait valu la confiance de ses camarades, tandis que sa maison accueillante, son cuisinier hors pair, son aménité et sa gentillesse lui avaient acquis l'estime du monde. Il vint s'installer à Pétersbourg. La jeunesse se précipita chez lui, négligeant les bals au profit des cartes et préférant les attraits du pharaon aux séductions de la galanterie. C'est chez lui que Naroumov amena Hermann.

Ils traversèrent une enfilade de salons magnifiques pleins de laquais empressés. Quelques généraux et conseillers intimes jouaient au whist[2] ; des jeunes gens, affalés sur des canapés de tapisserie, mangeaient des glaces et fumaient la pipe. Dans un vaste salon, le

---

1. Le mot russe « grandiflor » reste mystérieux. S'agit-il de la passerose, ou rose trémière ?　　**2.** Cet ancêtre du bridge passait alors pour convenir aux vieilles gens.

maître de maison tenait la banque devant une longue table autour de laquelle se pressaient une vingtaine de joueurs. C'était un homme d'une soixantaine d'années, d'allure éminemment respectable ; ses cheveux étaient d'une blancheur argentée ; son visage plein et frais respirait la bienveillance ; ses yeux brillaient, animés d'une perpétuelle gaieté. Naroumov lui présenta Hermann. Tchekalinski lui serra amicalement la main, le pria de prendre ses aises et continua de tailler.

La taille dura longtemps. Plus de trente cartes étaient en jeu. Tchekalinski s'interrompit après chaque donne pour laisser aux joueurs le temps de prendre leurs dispositions, il notait les différences, écoutait courtoisement les réclamations, dépliait plus courtoisement encore un coin corné par une main distraite. La taille s'acheva enfin. Tchekalinski battit les cartes et se prépara à servir la suivante.

— Permettez-moi de jouer une carte, fit Hermann en passant le bras devant un ponte ventripotent.

Tchekalinski sourit et s'inclina sans mot dire en signe d'assentiment. Souriant aussi, Naroumov félicita Hermann d'avoir rompu une si longue abstinence et lui souhaita bonne chance pour ses débuts.

— C'est joué ! fit Hermann en inscrivant à la craie sa mise au-dessus de la carte.

— Combien, je vous prie ? s'enquit le banquier, plissant les yeux. Je vois mal, pardonnez-moi.

— Quarante-sept mille roubles, annonça Hermann.

À ces mots, toutes les têtes se tournèrent, tous les regards se portèrent sur Hermann. « Il est devenu fou ! » pensa Naroumov.

— Permettez-moi de vous faire remarquer, dit Tchekalinski avec son inaltérable sourire, que votre enjeu est considérable ; jusqu'à présent, personne ici n'a jamais misé plus de deux cent soixante-quinze roubles en simple.

— Eh bien, rétorqua Hermann, jouez-vous contre ma carte, oui ou non ?

Tchekalinski s'inclina, avec la même parfaite bonne grâce.

— Je tenais simplement à vous faire savoir qu'étant investi de la confiance de mes camarades, je ne saurais tailler que contre espèces. En ce qui me concerne, votre parole suffit évidemment, mais pour le bon ordre de la partie et des comptes, je vous prierai de mettre l'enjeu sur votre carte.

Hermann sortit de sa poche une lettre de change et la tendit à Tchekalinski qui lui jeta un regard et en recouvrit la carte.

Il tailla. Un neuf tomba à droite, un trois à gauche.

— Gagné ! dit Hermann en retournant sa carte.

Un murmure s'éleva parmi les joueurs. Tchekalinski se rembrunit, mais le sourire revint aussitôt sur ses lèvres.

— Vous désirez être payé ? demanda-t-il à Hermann.

— Si vous le permettez.

Tchekalinski sortit de sa poche quelques billets de banque et s'acquitta sur-le-champ. Hermann prit l'argent et s'éloigna. Naroumov n'en revenait pas. Hermann but un verre de limonade et rentra chez lui. Le lendemain soir, il reparaissait chez Tchekalinski. Celui-ci taillait. Hermann s'approcha de la table ; les pontes lui firent place aussitôt. Tchekalinski le salua aimablement.

Hermann attendit une nouvelle taille, choisit une carte qu'il recouvrit de ses quarante-sept mille roubles et de son gain de la veille.

Tchekalinski tailla. Un valet tomba à droite, un sept à gauche.

Hermann retourna un sept.

On se récria. Tchekalinski était visiblement troublé. Il compta quatre-vingt-quatorze mille roubles qu'il remit à Hermann. Impassible, celui-ci les prit et se retira aussitôt.

Le soir suivant, Hermann parut de nouveau à la table. Tout le monde l'attendait. Les généraux et les conseillers délaissèrent leur whist pour assister à une partie tellement extraordinaire. Les jeunes officiers abandonnèrent leurs canapés ; les laquais se pressèrent dans le salon. Tout le monde entoura Hermann. Les autres joueurs s'arrêtèrent de miser, impatients de connaître le dénouement de l'affaire. Hermann se tenait debout devant la table, prêt à ponter seul contre un Tchekalinski blême mais toujours souriant. Chacun décacheta un jeu neuf. Tchekalinski battit. Hermann coupa et recouvrit sa carte d'une liasse de billets. On aurait dit un combat singulier. Un profond silence régnait.

Tchekalinski tailla, ses mains tremblaient. Une dame tomba à droite, un as à gauche.

— L'as gagne ! dit Hermann en retournant sa carte.

— Votre dame est battue, répliqua Tchekalinski avec douceur.

Hermann tressaillit : de fait, au lieu d'un as il avait devant lui la dame de pique.

Il n'en croyait pas ses yeux, ne concevait pas comment il avait pu se tromper ainsi. Il lui sembla en cet instant que la dame de pique le regardait d'un air moqueur. Une extraordinaire ressemblance le frappa...

— La vieille ! s'écria-t-il, épouvanté.

Tchekalinski attirait à lui les billets perdus. Hermann demeurait immobile. Quand il se fut éloigné, une rumeur bruyante s'éleva — « Voilà qui est jouer ! » entendait-on. — Tchekalinski battit les cartes derechef : la partie reprit son cours.

CONCLUSION

Hermann est devenu fou. Il occupe la chambre nᵒ 17 à l'hôpital Oboukhov, ne répond à aucune question et marmonne avec une extraordinaire volubilité : « Trois, sept, as, trois, sept, dame ! »

Lizaveta Ivanovna a épousé un fort aimable jeune

homme ; il est fonctionnaire et jouit d'une coquette fortune : il est le fils d'un ancien intendant de la vieille comtesse. Lizaveta Ivanovna a recueilli chez elle une parente pauvre.

Tomski, passé capitaine, est sur le point d'épouser la princesse Pauline [1].

1833.

---

1. Dans l'opéra de Tchaïkovski, Hermann se poignarde, Lise se jette dans la Neva. À ce théâtre il faut un dénouement spectaculaire. La nouvelle permet une fin moins violente, sous forme d'un retour général à l'ordre le plus banal. L'épisode fantastique n'a été qu'une anecdote, comme l'histoire des trois cartes qu'on raconte au début.

Récits de feu
Ivan Petrovitch Belkine

> Mme PROSTAKOVA : Vois-tu, mon bon
> ami, il est amateur d'histoires depuis son
> plus jeune âge.
> SKOTININE : Voilà qui me plaît.
>
> *Le Niais*[1].

---

1. L'épigraphe vient d'une célèbre comédie (1782) de Denis Fonvizine (1745-1792), dont le titre est souvent traduit par *Le Mineur* ou *Le Fils de famille*. Le héros, si l'on ose dire, est de fait juridiquement mineur, et rejeton de petits hobereaux fiers de leur rang. Ses qualités intellectuelles et morales ne justifient guère la haute idée que se font de lui les auteurs de ses jours. En traduisant *Le Niais*, on rend bien le sens de la pièce. Mme Prostakova, mère du « niais », porte un nom qui signifie « pas très maligne » ; Skoti- nine renvoie à *skotina* qui veut dire « bête à corne ». Ces deux personnages sont aussi célèbres en Russie que chez nous Tartufe.

AVERTISSEMENT DE L'ÉDITEUR

Ayant pris en charge l'édition des récits d'Ivan Petrovitch Belkine, présentée aujourd'hui au public, nous avons souhaité y joindre une biographie, fût-elle succincte, de l'auteur défunt et satisfaire ainsi, ne serait-ce qu'en partie, la légitime curiosité des amateurs de nos belles-lettres nationales[1]. À cette fin, nous nous sommes adressés à Maria Alexeïevna Trafilina, proche parente et héritière d'Ivan Petrovitch Belkine ; malheureusement, il ne lui a pas été possible de nous fournir le moindre renseignement le concernant, le défunt lui étant parfaitement inconnu. Elle nous a conseillé de consulter à ce propos un personnage fort estimable, qui avait été l'ami d'Ivan Petrovitch. Nous avons suivi ce conseil, lui avons écrit et avons reçu la réponse ci-dessous. Nous la publions sans aucun changement ni commentaire, comme le précieux monument d'un noble mode de pensée et d'une touchante amitié, et en même temps comme un récit biographique tout à fait suffisant.

Cher Monsieur,

J'ai le plaisir de recevoir, ce 23 courant, votre honorée du 15 de ce même mois, par laquelle vous souhaitez obtenir des renseignements détaillés sur les dates de naissance et de mort, sur les états de service, la vie

---

1. Pouchkine était agacé par l'autosatisfaction des gens de lettres russes.

de famille ainsi que sur les occupations et le caractère de feu Ivan Petrovitch Belkine, mon fidèle vieil ami et voisin. C'est avec un vif plaisir que je satisfais à votre requête et vous communique, cher Monsieur, tout ce dont je puis me remémorer de nos conversations, ainsi que les observations personnelles que j'ai pu faire. Ivan Petrovitch Belkine est né, de parents aussi honorables que nobles, en 1798 [1], dans le village de Gorioukhino. Son défunt père, le commandant Pietr Ivanovitch Belkine, avait épousé Pelageya Gavrilovna née Trafilina.

C'était un homme peu fortuné, modéré dans ses goûts et fort habile dans l'administration de ses biens. Leur fils fit ses premières classes sous la férule du sacristain du village. Il semble que ce soit à cet honnête personnage qu'il ait dû son goût de la lecture et sa pratique des belles-lettres russes. En 1815, il prit du service dans un régiment de chasseurs (dont le numéro m'échappe), où il resta jusqu'en 1823. La mort de ses parents, survenue presque simultanément, l'incita à quitter l'armée et à venir s'installer à Gorioukhino, son patrimoine familial.

Entré en possession de son domaine, Ivan Petrovitch, autant par inexpérience que par bonté naturelle, négligea bien vite ses affaires et dérégla l'ordre rigoureux institué par feu son père. Il renvoya le staroste [2], homme pourtant consciencieux et adroit, dont les paysans se plaignaient selon leur habitude, et confia l'administration de tous ses biens à la vieille économe qui avait su gagner sa confiance par son art de débiter des contes. Cette vieille sotte était au demeurant bien incapable de faire la différence entre un assignat de vingt-

---

1. Ivan Petrovitch est donc d'un an plus âgé que Pouchkine. Dans l'*Histoire du village de Gorioukhino*, autre ouvrage d'Ivan Petrovitch, ce gentilhomme déclare être né le 1er avril 1801. Mais les autres détails de la biographie concordent.   2. Le « staroste » — le mot dérive d'une racine qui signifie « ancien » — est élu par les paysans. Il négocie avec le seigneur au nom de la commune, appelée *mir*.

cinq roubles et un de cinquante ! Commère[1] de tous
les paysans, ceux-ci ne la redoutaient guère ; le staroste
qu'ils avaient élu était de connivence avec eux et filou-
tait tant et si bien qu'Ivan Petrovitch se vit obligé
d'abolir la corvée et de réduire la taille[2] ! Là encore,
cependant, profitant de sa faiblesse, les paysans obtin-
rent, la première année, une exemption importante de
la redevance et, les années suivantes, payèrent plus des
trois quarts de leur dû avec des noix, des airelles, etc.
Il n'en restait pas moins des arrérages.

Mon amitié pour le défunt père d'Ivan Petrovitch me
faisait un devoir d'offrir mes conseils à son fils ; et
plus d'une fois je me suis mis à sa disposition pour
rétablir l'ordre compromis par sa légèreté. À cet effet,
m'étant un jour rendu chez lui, je demandai à voir les
livres de comptes et convoquai le staroste voleur. Le
jeune propriétaire me manifesta d'abord toute l'attention et toute l'application souhaitables, mais lorsque
les comptes eurent fait apparaître que, durant les deux
dernières années, le nombre des paysans avait aug-
menté, tandis que le cours de la volaille et du bétail
avait baissé, Ivan Petrovitch, satisfait de ce premier
renseignement, cessa de me suivre ; au moment même
où mes recherches et mon interrogatoire serré parvenaient à confondre cette canaille de staroste, j'entendis
à mon vif dépit Ivan Petrovitch ronfler sur sa chaise.
Dès lors, je cessai de me mêler de ses affaires et les
confiai, ainsi qu'il faisait lui-même, à la grâce du Tout-
Puissant. Ce qui, au demeurant, ne devait pas troubler

---

1. Entendez qu'elle est marraine de leurs enfants, ou qu'ils sont
parrains des siens. Ces liens de parenté spirituelle avaient autant
d'importance en Russie que dans la France paysanne de l'Ancien
Régime.   **2.** La « corvée » est une obligation de travailler certains jours, gratuitement, au profit du seigneur. La « taille » — le
terme russe est *obrok* — est un impôt payé au seigneur, soit en
argent, soit en nature. L'évolution des mœurs, au début du
XIXe siècle, poussait à remplacer la corvée par l'*obrok*. Voyez
Eugène Onéguine, chapitre II, strophe 4.

nos relations amicales : compatissant à sa faiblesse et à cette impéritie désastreuse qu'il partageait avec tous les jeunes gens de notre noblesse[1], je nourrissais à l'égard d'Ivan Petrovitch une sincère affection. Du reste, il était impossible de ne pas aimer un jeune homme aussi doux et aussi honnête. Pour sa part, Ivan Petrovitch montrait du respect pour mon âge et m'était sincèrement attaché.

Jusqu'à sa mort, nous nous sommes vus presque tous les jours ; il semblait apprécier ma conversation, encore que ni nos habitudes ni notre mode de penser ni nos caractères n'eussent été de nature à nous rapprocher.

Ivan Petrovitch menait une vie des plus calmes et fuyait les excès : il ne m'est jamais arrivé de le voir entre deux vins (chose qui, dans notre pays, peut être considérée comme prodigieuse) ; en revanche, il avait un penchant marqué pour le beau sexe, mais sa pudeur était véritablement virginale *.

En plus des Récits[2] que vous voulez bien mentionner dans votre lettre, Ivan Petrovitch a laissé une quantité de manuscrits dont une partie se trouve chez moi, l'autre ayant été utilisée par sa gouvernante à diverses fins ménagères. C'est ainsi que l'hiver dernier, toutes les fenêtres de sa maison furent calfeutrées avec la première partie d'un roman inachevé. Les Récits men-

---

* Ici prend place une anecdote que nous ne reproduisons pas, l'estimant superflue : au demeurant, nous prions le lecteur de croire qu'elle n'a rien de compromettant pour la mémoire d'Ivan Petrovitch Belkine. *(Note de l'auteur.)*

---

1. Cette phrase exprime la tristesse d'un vieil homme qui croit que le monde va en empirant, et que tout était mieux de son temps. Mais elle fait allusion à un fait incontestable : il y avait longtemps que beaucoup de seigneurs russes, vivant au-dessus de leurs moyens, se ruinaient en toute insouciance. 2. Ivan Petrovitch a laissé, inachevée, une *Histoire du village de Gorioukhino*, que Pouchkine avait commencée à Boldino, en 1830, peu de jours après avoir achevé le dernier des récits de Belkine.

tionnés plus haut furent, me semble-t-il, sa première
tentative. Comme l'affirmait Ivan Petrovitch, ils sont
pour la plupart véridiques et il les tenait de différentes
personnes *. Toutefois, les noms propres y sont
presque tous de son cru, tandis que les noms de vil-
lages et de hameaux sont empruntés à notre canton si
bien que mon propre domaine y est quelque part men-
tionné. Ceci non pas dans une intention maligne, mais
uniquement par manque d'imagination.

À l'automne 1828, Ivan Petrovitch contracta une
mauvaise fièvre qui s'aggrava bientôt, et il mourut en
dépit des efforts méritoires de notre vieux médecin de
campagne, homme fort habile, principalement lorsqu'il
s'agissait d'affections chroniques telles que les cors
aux pieds[1] et d'autres du même genre. Il a rendu l'âme
dans mes bras, à l'âge de trente ans, et a été enseveli
dans l'enceinte de l'église de Gorioukhino, tout près
de ses défunts parents.

Ivan Petrovitch était de taille moyenne, avait les
yeux gris, les cheveux blonds, un nez droit, le teint
clair, le visage maigre.

Voilà, cher Monsieur, tout ce dont je puis me souvenir, concernant le genre de vie, les occupations, le
naturel et l'apparence de feu mon voisin et ami. Pour
le cas où vous entendriez faire usage de cette lettre, je
vous prierais respectueusement de ne point mentionner

---

* Effectivement, dans le manuscrit de M. Belkine on trouve en
tête de chaque récit une note de la main de l'auteur : « Me fut
raconté par Untel » (suivent le grade, la condition et les initiales
du prénom et du nom). Notons pour les curieux que *Le Maître de
poste* lui fut raconté par le conseiller titulaire A.G.N. ; *Le Coup de
pistolet* par le lieutenant-colonel I.L.P. ; *Le Marchand de cercueils*
par le commis B.V. ; *La Tempête de neige* et *La Demoiselle paysanne* par Mlle K.I.T. *(Note de l'auteur.)*[2]

---

1. On se rappelle que, lorsque Pouchkine écrit cette plaisanterie
sur les cors aux pieds, le choléra fait rage en Russie, et y
tue.   2. On tentera de montrer, dans les notices, que les préci-
sions données par cette note ne sont pas insignifiantes.

mon nom, car bien que j'aime et estime beaucoup les
gens de lettres, je trouve inutile et inconvenant à mon
âge de me commettre avec cette corporation.

Avec ma parfaite considération, je vous prie
d'agréer, etc.

1830 — 16 novembre,
au village de Nenaradovo[1].

Estimant de notre devoir de respecter la volonté de
l'estimable ami de notre auteur, nous lui exprimons
notre profonde gratitude pour les renseignements qu'il
nous a communiqués et espérons que le public appré-
ciera leur sincérité et leur candeur.

A.P.

---

1. Nenaradovo peut vouloir dire « où l'on est toujours content »,
alors que le nom de Gorioukhino évoque le chagrin. Le village où
commence *La Tempête de neige* s'appelle aussi Nenaradovo. Nous
avons été avertis qu'il n'y a dans cette coïncidence aucune « intention maligne ». Mais on peut toujours rêver. Le père de Maria
Gavrilovna étant mort en 1812, le village doit appartenir à sa fille
et à son gendre. L'auteur de l'aimable lettre serait-il le colonel
Bourmine ? Hypothèse fragile et frivole, qui suggère au moins
qu'un récit en fait naître un autre.

LE COUP DE PISTOLET

La nouvelle est racontée, s'il faut en croire Ivan Petrovitch Belkine, par le lieutenant-colonel I.L.P. Jouons le jeu. Admettons que I.L.P. a réellement prononcé les paroles que nous lisons. Il apparaît que, sans le vouloir, il s'est mis en scène.

Il ne s'y décide pas tout de suite ; on ne devinerait pas, quand on commence à lire, que ce récit aura un véritable narrateur, qui, loin de se borner à écouter, prendra finalement la parole et s'exprimera en une langue assez familière, dont le ton simple contraste avec la langue châtiée que parle le grand seigneur.

On avait affaire à un personnage invisible. On découvrira un brave homme de lieutenant-colonel, qui a pris assez tôt sa retraite et vit, vaille que vaille, en administrant un pauvre domaine.

Or ce brave homme se trouve choisi comme confident par les deux héros de l'histoire. Silvio l'a distingué : « Je fais peu de cas de l'opinion des autres, mais je vous aime bien. » Et le comte se croit tenu de ne lui rien cacher : il est l'ami de Silvio.

Ainsi le narrateur, brave homme, mais, semble-t-il, personnage assez commun, a-t-il rencontré deux êtres exceptionnels. Au milieu de tous les bretteurs qui se battent simplement parce qu'ils ont trop bu et se croient offensés, Silvio et le comte se distinguent par leur effroyable capacité de mépris. Mépris pour la mort, mépris pour l'adversaire. On découvre, au-delà des prétextes, des susceptibilités, des anecdotes, la véritable racine du duel : le désir d'humilier. Faire trembler est plus important que tuer.

Silvio est comparé à un « démon ». Derrière ce mot, il est permis d'apercevoir le Satan de Milton, sommet du plus farouche orgueil. Mais quel être surnaturel est son adversaire, parfaitement indifférent à la mort, comme si elle ne pouvait pas le toucher ?

Le récit commence par un « nous » et se poursuit longtemps avant de donner enfin la parole à un « je ». C'est de la même façon que l'on voit l'extraordinaire émerger de l'ordinaire.

Le Coup de pistolet *impose, dès le début du recueil, l'image d'une vie provinciale faite de routine et d'ennui. Le motif est traité dans un certain cadre, celui de la vie militaire. Il revêtira d'autres aspects dans les récits qui suivent. Déjà on aperçoit ce qui le caractérise plus que tout : sa capacité d'étouffement. On oublie tout, on s'habitue à tout. La grisaille reprend le dessus.*

L'anecdote initiale est là pour en donner la preuve. Un nouveau venu offense Silvio. Les conséquences de cet acte imprudent devraient être épouvantables. Il n'en est rien. Silvio accepte de vagues excuses, et la fièvre retombe. La société des hommes, militaires ou non, possède un grand pouvoir d'indifférence. C'est peut-être parce qu'il ne partage pas cette indifférence que le narrateur a droit aux confidences de Silvio.

Le récit reprend, dans la seconde partie, par une nouvelle évocation de la grisaille. Au bout d'une page, la narration énonce une généralité qui reparaîtra sous différentes formes tout au long du recueil : « L'arrivée d'un riche voisin est un événement important dans une existence campagnarde. » Entendez : dans l'ennui de la vie provinciale, le moindre événement prend des proportions gigantesques. On en a déjà dit autant, plus haut, du « jour de la poste ».

Le récit de Silvio était inattendu. La narration ménage peut-être des transitions moins abruptes entre la description de l'ennui à la campagne et le terrible récit que fait le comte B***. La conversation se prolonge entre ce personnage et le narrateur avant que *ne se produise le coup de tonnerre : « Ah, Votre Grâce, m'exclamai-je, pressentant la vérité... »*

Sans doute l'attendait-on, ce coup de théâtre. Sans doute n'est-on pas loin du « car c'était lui ! » des mélodrames. Pouchkine use sans vergogne du procédé, sans chercher à en atténuer par quelque humour la brutalité un peu facile. Il semble chercher d'abord à rythmer son texte, à construire selon une forme analogue les deux parties qu'il a pris soin de distinguer, et de numéroter. Dans les deux cas, le crescendo n'exclut pas les paliers brusques. Dans les deux cas on finit sur un geste violent : le départ de Silvio, sa disparition. Le démon se dérobe.

Le coup de pistolet a une valeur symbolique. C'est une forme du temps : inattendu, un bref instant de haute intensité se détache au milieu d'une infinie durée d'ennui.

Le Coup de pistolet n'est pas le premier récit que Pouchkine ait écrit à Boldino. L'ordre chronologique de composition a été modifié dans la constitution du recueil (voir la chronologie, p. 188).

J.-L. B.

Nous nous sommes battus.

Baratynski[1].

*J'ai juré de le tuer dans les règles du
duel (il me reste à tirer un coup de pistolet).*

Une soirée de bivouac[2].

I

Nous avions nos quartiers dans le petit bourg de ***.
On sait ce qu'est la vie d'un officier de ligne[3]. Exercice et manège dans la matinée ; déjeuner chez le colonel ou chez le tavernier juif ; punch et jeu le soir. Il
n'y avait pas à *** une maison où l'on reçût, pas une
fille à marier, nous nous réunissions les uns chez les
autres où nos propres uniformes étaient notre seul
spectacle.

Un seul d'entre nous n'appartenait pas à l'état militaire. Il avait quelque trente-cinq ans si bien que nous

---

1. Baratynski (1800-1844) est un poète pour qui Pouchkine avait
beaucoup d'estime et d'amitié. Le poème *Le Bal*, d'où provient le
fragment de vers cité, raconte une sombre histoire de jalou-
sie.   **2.** La seconde épigraphe vient d'une nouvelle d'Alexandre
Alexandrovitch Bestoujev, dit Marlinski, auteur de romans, et
notamment de romans historiques. Pouchkine a entretenu avec cet
écrivain une correspondance amicale. Il l'appelait parfois « Walter », par référence à Walter Scott, évidemment.   **3.** Voir note 2,
p. 31.

le tenions pour un vieillard. L'expérience lui conférait sur nous maints avantages ; de surcroît, son humeur ordinairement sombre, son caractère abrupt et sa langue acérée exerçaient un fort ascendant sur nos jeunes esprits. On ne sait quel mystère [1] environnait sa vie ; il donnait l'impression d'être russe mais portait un nom étranger. Il avait naguère servi dans les hussards [2], non sans quelque bonheur ; nul ne savait les motifs qui l'avaient poussé à quitter le service et à venir s'installer dans un bourg misérable où il menait un train de vie à la fois pauvre et fastueux : il allait toujours à pied, vêtu d'un habit élimé, mais tenait table ouverte pour tous les officiers de notre régiment. À la vérité, son menu ne comportait que deux ou trois plats, cuisinés par un ancien soldat, mais le champagne coulait à flots. Personne ne connaissait son état ni ses revenus et personne n'osait le questionner sur ce point. Il possédait des livres, des ouvrages militaires pour la plupart, et des romans. Il les prêtait volontiers sans jamais en réclamer la restitution ; en revanche, il ne rendait jamais un livre emprunté. Son exercice favori était le tir au pistolet. Les murs de sa chambre étaient criblés de balles, constellés de trous comme les alvéoles d'une ruche. Une riche collection de pistolets constituait le seul luxe de la pauvre masure où il logeait. La perfection qu'il avait atteinte dans cet art était incroyable et, s'il avait prétendu toucher une poire posée sur la casquette de quiconque, pas un homme de notre régiment n'eût hésité à exposer sa tête. Les duels faisaient fréquemment l'objet de nos conversations ; Silvio (je le nommerai ainsi) ne s'en mêlait jamais. Lui

---

1. La phrase évoque les poèmes romantiques de Pouchkine et de plusieurs autres, dont Baratynski.   2. Les hussards sont des soldats de cavalerie légère, chargés le plus souvent de missions d'exploration et de reconnaissance. Dans toutes les armées d'Europe, ils ont une réputation de témérité folle et l'on dit que leur audace enchante et séduit les dames. Combien en rencontre-t-on dans l'ensemble des cinq *Récits* ?

demandait-on s'il lui était arrivé de se battre en duel, il
répondait sèchement que oui, mais ne fournissait aucun
détail, et il était visible que ce genre de questions l'indis-
posait. Nous présumions qu'il avait sur la conscience
une malheureuse victime de son art meurtrier[1]. Au
demeurant, il ne nous serait pas venu à l'esprit de rien
soupçonner en lui qui ressemblât à de la pusillanimité. Il
est des hommes dont le seul aspect suffit à écarter des
suppositions de cette sorte.

Un événement inattendu nous stupéfia tous. Une
dizaine de nos officiers déjeunaient un jour chez Silvio.
On buvait comme à l'accoutumée, c'est-à-dire beaucoup ; après le déjeuner nous pressâmes le maître de
la maison de tailler une banque. Il refusa longtemps :
il ne jouait presque jamais ; en fin de compte il fit
apporter des cartes, déversa sur la table une cinquan-
taine de pièces d'or et tailla. Nous l'entourâmes et la
partie s'engagea. Silvio avait coutume, lorsqu'il jouait,
de garder un silence absolu, refusant toute discussion
ou explication. S'il arrivait à un ponte de commettre
une erreur, il payait aussitôt la différence ou notait
l'excédent. Nous le savions tous et ne l'empêchions
pas d'en user à sa guise ; or, il se trouvait parmi nous
un officier nouvellement affecté au régiment. En cours
de partie il corna par mégarde un pli de trop[2]. Silvio,
à son habitude, prit sa craie et rectifia les chiffres.
Croyant à une erreur, l'officier se lança dans des explications. Silvio ne soufflait mot et poursuivait la taille.

Perdant patience, l'officier s'empara d'une brosse et
effaça le compte qui lui paraissait inexact. Silvio prit
la craie et le réécrivit. Échauffé par le vin, le jeu et les
rires de ses camarades, l'officier se crut mortellement
offensé ; fou de rage, il saisit un chandelier de cuivre
et le lança à la tête de Silvio qui l'esquiva de peu.
Nous étions troublés. Silvio se leva, pâle de fureur.
Ses yeux jetaient des éclairs. Il dit : « Veuillez sortir,

---

1. Comme Eugène Onéguine, ou comme le héros du *Bal*.
2. Voir, p. 22-23, la note sur le jeu de pharaon.

monsieur, et remerciez le Ciel que cela se soit passé chez moi. »

Nous ne doutions pas des suites de l'affaire et tenions notre nouveau camarade pour mort. L'officier se retira en se déclarant prêt à rendre raison à Monsieur le banquier quand il lui plairait. La partie se prolongea quelques instants ; mais voyant que notre hôte n'avait pas le cœur au jeu, nous abandonnâmes l'un après l'autre et rentrâmes chez nous, pressentant une prompte vacance dans nos rangs.

Le lendemain, au manège, nous nous demandions si le pauvre lieutenant était encore en vie lorsqu'il parut en personne ; à nos questions, il répondit n'avoir eu aucune nouvelle de Silvio. Cela ne laissa pas de nous étonner. Nous nous rendîmes chez Silvio que nous trouvâmes dans la cour de sa maison occupé à loger une balle dans un as fixé au portail. Il nous fit le même accueil qu'à l'ordinaire et ne souffla mot de l'événement de la veille. Trois jours passèrent, le lieutenant était toujours en vie. Nous nous interrogions avec perplexité... est-il possible que Silvio ne se batte pas ? Silvio ne se battait pas. Il se satisfit d'une explication assez vague et fit la paix.

Cette affaire lui fit un tort considérable dans l'esprit des jeunes officiers. Le manque de bravoure est ce qu'il y a de moins excusable aux yeux de jeunes hommes pour qui l'audace est la première des vertus et l'excuse de tous les vices. Peu à peu, cependant, tout fut oublié et Silvio reconquit son influence.

J'étais le seul à ne plus pouvoir me rapprocher de lui. Doté par la nature d'une imagination romanesque [1], j'avais été, jusqu'alors, plus attaché que quiconque à cet homme dont la vie même était une énigme et en qui je voyais le héros de je ne sais quelle mystérieuse histoire. Il m'avait pris en affection : avec moi seul il se départait de son acrimonie coutumière et traitait de

---

1. Il vaut la peine de prendre garde aux nombreuses apparitions de ce mot, tout au long des *Récits*.

divers sujets de façon débonnaire et extraordinairement plaisante. Mais à la suite de cette malheureuse soirée l'idée que son honneur était entaché et qu'il avait de son propre chef refusé de le laver, cette idée me hantait et m'empêchait d'en user avec lui comme auparavant ; rien que de le voir me causait un certain malaise. Silvio avait trop d'esprit et d'expérience pour ne point s'en aviser et n'en pas deviner les raisons. Il semblait que cela le contrariât ; à tout le moins avais-je plusieurs fois cru déceler en lui le désir de s'en expliquer avec moi ; mais je me dérobais aux occasions et Silvio finit par s'éloigner de moi. Dès lors, je ne le rencontrai plus qu'en présence de mes camarades et un terme fut mis à nos conversations amicales. Qui mène l'existence dissipée de la capitale [1] n'a pas idée de ce qui peut faire impression aux habitants d'un village ou d'une bourgade, comme par exemple l'attente du jour de la poste : le mardi et le vendredi, le bureau d'intendance de notre régiment était envahi par des officiers : qui attendait un envoi d'argent, qui une lettre, qui des gazettes. Les plis étaient en règle générale décachetés sur-le-champ, les nouvelles circulaient et le bureau offrait le spectacle de la plus grande animation. Silvio recevait son courrier à l'adresse du régiment et se trouvait là habituellement. Un jour, on lui tendit un pli dont il brisa le cachet avec les signes de la plus vive impatience. Il parcourut la lettre, ses yeux étincelaient. Les officiers, absorbés par leur lecture, n'avaient rien remarqué. « Messieurs, leur dit Silvio, les circonstances exigent mon départ immédiat ; je m'en vais cette nuit même ; j'espère que vous ne refuserez pas de dîner chez moi une dernière fois. Je vous attends aussi, sans faute », ajouta-t-il à mon intention.

---

1. On peut aussi traduire « d'une capitale », pour tenir compte de l'existence, en Russie, de deux villes qui peuvent prétendre à ce titre : Moscou et Saint-Pétersbourg. Pouchkine oppose la province aux capitales avec autant de rigueur que Balzac. L'opposition joue d'abord sur le rythme de l'existence.

Sur ces mots, il sortit précipitamment. Nous nous séparâmes, ayant convenu de nous retrouver chez Silvio.

Quand j'arrivai chez Silvio à l'heure dite, tous les officiers du régiment s'y trouvaient déjà. Ses bagages étaient faits, restaient les murs nus et criblés de balles. Nous passâmes à table ; notre hôte était d'excellente humeur et la gaieté devint vite générale ; les bouchons sautaient à chaque instant, les verres écumaient et pétillaient, et nous souhaitions chaleureusement au partant un bon voyage et toutes les félicités imaginables. La nuit était avancée lorsque nous quittâmes la table. Au moment des adieux, Silvio me prit le bras et me retint : « Il faut que je vous parle... » me dit-il à mi-voix. Je restai donc.

Les invités partis, nous nous retrouvâmes seuls, assis face à face, et nous allumâmes nos pipes. Silvio semblait préoccupé, il ne restait plus trace de sa gaieté convulsive. Une pâleur sinistre, des yeux étincelants, la fumée épaisse qui s'échappait de sa bouche lui donnaient l'apparence d'un vrai démon[1]. Au bout de quelques instants, il rompit le silence.

— Peut-être ne nous reverrons-nous jamais, me dit-il. Avant de vous quitter, je vous dois des explications. Vous avez pu remarquer que je fais peu de cas de l'opinion d'autrui ; mais je vous aime bien et il me serait pénible de laisser dans votre esprit un mauvais souvenir immérité.

Il se tut et entreprit de recharger sa pipe ; les yeux baissés, je gardais le silence.

— Il vous a paru étrange, poursuivit-il, que je n'aie pas demandé satisfaction à cet ivrogne écervelé de R***. Vous conviendrez qu'ayant le choix des armes, je tenais sa vie entre mes mains, alors que la mienne ne courait pour ainsi dire aucun risque ; je pourrais attribuer ma modération à la grandeur d'âme, mais je ne

---

1. Le démon est un personnage essentiel pour Pouchkine, qui lui a consacré, dès 1823, un bref poème fort célèbre.

veux pas mentir. Si j'avais pu châtier R***, sans risque aucun pour ma vie, je n'aurais pour rien au monde pardonné.

Je fixai sur Silvio un regard stupéfait. Un pareil aveu me confondait. Silvio poursuivit :

— Je n'ai pas le droit d'exposer ma vie[1]. Il y a six ans, j'ai reçu un soufflet et mon ennemi vit toujours.

Ma curiosité en fut vivement excitée.

— Vous ne vous êtes pas battu ? demandai-je. Sans doute les circonstances vous ont-elles séparés ?

— Je ne me suis pas battu, répondit Silvio, et voici un souvenir de notre duel.

Il se leva et tira d'un carton une coiffure rouge à gland d'or (ce que les Français appellent bonnet de police) et la posa sur sa tête : à trois pouces du front, le bonnet avait été troué par une balle.

— Vous savez, poursuivit Silvio, que j'ai servi dans les hussards de ***. Mon caractère vous est connu : j'ai l'habitude d'être le premier partout, mais dans ma jeunesse c'était pour moi une manie. De notre temps, la mode était à la débauche ; j'étais donc le premier débauché de l'armée. Nous tirions orgueil de nos beuveries ; j'ai battu sur ce terrain le fameux Bourtsov, chanté par Denis Davydov[2]. Dans notre régiment les duels étaient monnaie courante ; j'étais de tous, soit comme témoin soit comme protagoniste. Mes camarades m'idolâtraient ; quant aux colonels, d'ailleurs fréquemment remplacés, ils me tenaient pour un mal nécessaire.

« Je jouissais paisiblement (ou pas) de ma renommée lorsque nous fut affecté un jeune homme issu d'une riche et illustre famille (je ne tiens pas à vous le

---

1. Silvio s'en tient rigoureusement aux règles du duel, héritées d'un passé lointain. Les romans de chevalerie sont pleins d'incidents fondés sur semblable scrupule. **2.** Denis Davydov (1784-1838), poète aussi célèbre par ses exploits guerriers que par ses vers. C'était un hussard, naturellement. Bourtsov aussi, cela va de soi.

nommer). De ma vie je n'ai rencontré un homme aussi brillant, aussi choyé par la fortune ! Imaginez la jeunesse, l'intelligence, la beauté, la gaieté la plus fougueuse, la bravoure la plus insouciante, un nom glorieux, une fortune qu'il dépensait sans compter, et songez à l'impression qu'il devait produire parmi nous.

« Ma primauté était ébranlée. Séduit par ma réputation, il avait commencé par rechercher mon amitié ; mais je lui battis froid et il s'éloigna de moi sans aucun regret. Je le haïssais. Les succès qu'il remportait au régiment et auprès des femmes me mettaient au désespoir. Je lui cherchai querelle ; à mes épigrammes il répliquait par les siennes, qui me paraissaient toujours plus imprévues et plus acérées et qui, en tout cas, étaient infiniment plus drôles ; il raillait, j'écumais de rage. Un jour enfin, lors d'un bal chez un hobereau polonais[1], le voyant comblé d'attentions féminines, plus particulièrement de celles de la maîtresse de maison avec qui j'avais une liaison, je lui glissai à l'oreille je ne sais plus quel propos vulgaire et grossier. Il s'empourpra et me souffleta. Nous saisîmes nos sabres, les dames s'évanouirent, on nous sépara à grand-peine : nous décidâmes de nous battre sur-le-champ.

« À l'aube, je me tenais à ma place en compagnie de mes trois témoins. J'attendais mon ennemi avec une indicible impatience. Le soleil printanier s'était levé et commençait à chauffer. Je l'aperçus de loin. Il arrivait à pied, le dolman[2] accroché à la garde de son sabre, suivi d'un seul témoin. Nous allâmes au-devant de lui.

« Il s'approchait tenant à la main sa casquette remplie de cerises mûres. Les témoins mesurèrent douze pas[3]. Il me revenait de tirer le premier ; mais la fureur qui m'agi-

---

1. On se souvient que la plus grande partie de la Pologne a été annexée à l'Empire russe à la fin du XVIIIe siècle.   2. Le dolman est une veste courte, caractéristique des hussards.   3. Douze pas, soit à peu près neuf mètres. La distance est courte, mais les armes ne sont pas très précises. Voyez pourtant p. 90 ce qui est dit des bons tireurs.

tait était si forte que je craignis pour la sûreté de ma main et cédai mon tour pour me donner le temps de me calmer ; mon adversaire refusa. Nous tirâmes au sort ; éternel favori de la fortune, il attrapa le numéro un.

« Il visa, tira, et fit ce trou à mon bonnet.

« C'était à moi. Sa vie était enfin entre mes mains ; je le dévisageais avidement, guettant le moindre signe d'anxiété... Il me faisait face, choisissant dans sa casquette les cerises les plus mûres et recrachant les noyaux qui parvenaient jusqu'à moi. Son indifférence m'exaspéra. A quoi bon, pensai-je, lui enlever une vie à laquelle il tient si peu ? J'abaissai mon pistolet.

« — Il paraît, lui dis-je, que vous avez autre chose à faire que mourir ; vous déjeunez, je ne voudrais pas vous déranger...

« — Vous ne me dérangez pas du tout, fit-il. Donnez-vous la peine de tirer. Au demeurant, c'est comme il vous plaira : votre coup de pistolet vous appartient[1] ; je suis à vos ordres quand vous voudrez.

« J'annonçai alors au témoin que je n'avais pas l'intention de tirer ce jour-là et le duel s'acheva là-dessus. J'ai quitté le service et suis venu m'installer dans cette bourgade. Depuis lors, il ne s'est pas passé un jour sans que je rumine ma vengeance. Aujourd'hui, mon heure est venue...

Silvio tira de sa poche la lettre reçue ce matin-là et me la donna à lire. Quelqu'un (son chargé d'affaires, semblait-il) lui écrivait de Moscou que la personne connue de lui était sur le point d'épouser une jeune et belle demoiselle[2].

— Vous devinez, dit Silvio, qui est cette personne connue de moi. Je pars pour Moscou. Nous verrons bien s'il affrontera la mort à la veille de son mariage avec la même indifférence que quand il mangeait des cerises !

---

1. On pourrait traduire : « c'est votre tour de tirer ». L'expression russe ne passe pas directement en français. Voyez la seconde épigraphe du récit. 2. On sait que, quand il écrivait ce récit, Pouchkine était lui-même à la veille de se marier.

Sur ces mots, Silvio se leva, jeta son bonnet à terre avec violence et marcha de long en large dans la pièce comme un tigre dans sa cage. Je l'écoutais, immobile ; des sentiments étranges et contradictoires m'agitaient.

Un laquais entra pour annoncer que les chevaux étaient avancés. Silvio me serra vigoureusement la main ; nous nous embrassâmes. Il monta dans la carriole où l'attendaient deux valises : l'une contenait des pistolets, l'autre ses hardes. Nous nous dîmes adieu une nouvelle fois et les chevaux partirent au galop.

II

Des années passèrent et des raisons de famille m'amenèrent à m'installer dans une médiocre propriété du canton de N*** [1]. Tout en m'employant à faire marcher le domaine, j'évoquais avec une douce nostalgie ma vie dissipée et insouciante d'autrefois. Il n'y avait pas pour moi d'habitude plus difficile à contracter que celle de passer les soirées d'automne et d'hiver dans une complète solitude. Tant bien que mal je faisais traîner le temps jusqu'au déjeuner en bavardant avec le staroste [2], en inspectant à cheval les travaux des champs ou en visitant de nouveaux communs, mais que le jour commençât à décliner et je ne savais décidément pas où me mettre. Je connaissais par cœur les quelques livres dénichés sous les armoires ou dans le débarras. Toutes les vieilles histoires, tous les contes qu'avait pu retenir la mémoire de mon économe Kirilovna m'avaient été racontés ; les chansons des paysannes me donnaient le spleen. J'avais même conçu

---

1. Le personnage a donc quitté l'armée, comme le faisaient souvent les gentilshommes russes quand ils se mariaient, ou tout simplement quand ils héritaient du domaine familial. Voyez la biographie d'Ivan Petrovitch Belkine, p. 70.   **2.** Voir note 2, p. 70.

quelque penchant pour le ratafia sans sucre, mais il me donnait la migraine et je craignais de devoir noyer ma tristesse dans le vin, ce qui est la plus déplorable sorte d'ivrognerie dont je ne voyais que trop d'exemples à la ronde. Je n'avais guère de proches voisins, à l'exception de deux personnages au vin triste dont les hoquets et les jérémiades faisaient toute la conversation. Mieux valait encore la solitude.

À quatre verstes [1] de chez moi, se situait un riche domaine appartenant à la comtesse B***. Mais seul son intendant y demeurait et la comtesse n'y avait séjourné qu'une seule fois [2], à peine un mois, dans la première année de son mariage.

Or, voilà que la seconde année de mon esseulement, au printemps, la rumeur m'apprit que la comtesse et son mari viendraient passer l'été dans leurs terres. Et de fait ils arrivèrent au début de juin.

L'arrivée d'un riche voisin est un événement important dans une existence campagnarde. Les hobereaux et leurs gens en parlaient deux mois à l'avance et deux ans après. Pour ma part, je le reconnais, la nouvelle de la venue d'une voisine riche et belle me fit grosse impression ; je brûlais d'impatience de la voir, c'est pourquoi, le premier dimanche qui suivit son arrivée, je me rendis à ***, pour présenter mes devoirs en voisin et humble serviteur de Leurs Grâces. Un laquais m'introduisit dans le cabinet de travail du comte et alla m'annoncer. La pièce était vaste et somptueusement aménagée ; des bibliothèques pleines s'alignaient le long des murs, chacune surmontée d'un buste de bronze ; une large glace était fixée au-dessus de la cheminée de marbre ; le plancher était recouvert de drap vert et de tapis. Ayant perdu l'habitude du luxe dans ma pauvre retraite, et privé depuis

---

1. Chacun sait que la verste est un grand kilomètre. Tout annotateur sérieux se doit de préciser qu'elle équivaut exactement à 1 067 mètres. Tout lecteur digne de ce nom se doit d'oublier immédiatement ce détail. 2. Détail en apparence insignifiant. On comprendra plus tard son importance.

longtemps du spectacle de l'opulence d'autrui, je me trouvai intimidé et attendis le comte avec une certaine anxiété, comme un solliciteur de province guettant l'apparition d'un ministre.

La porte s'ouvrit et un homme d'une trentaine d'années, de fort belle apparence, entra. Le comte vint à moi, affichant une mine avenante et amicale ; j'essayai de me ressaisir en déclinant mes titres et qualités mais le comte m'en dispensa aimablement. Nous prîmes des sièges. Sa conversation familière et agréable eut vite raison de ma timidité provinciale ; je commençais à retrouver mes dispositions naturelles lorsque la comtesse entra, me replongeant dans le trouble. Elle était véritablement très belle. Le comte me présenta ; je voulus paraître à mon aise, mais plus j'affectais de désinvolture et plus je me sentais l'air emprunté. Pour me donner le loisir de me remettre et de m'accoutumer aux circonstances, les deux époux se parlaient entre eux, me traitant en bon voisin, sans cérémonie. J'allais et venais, examinant livres et tableaux.

Je ne suis guère amateur de peinture, mais l'un des tableaux attira mon attention. Il représentait je ne sais quel paysage suisse, mais ce qui m'avait frappé n'était pas la qualité de la peinture, c'était le fait que la toile fût percée de deux balles, l'une sur l'autre.

— Voilà un beau coup de pistolet, dis-je au comte.

— En effet, répliqua-t-il. Un coup très remarquable. Tirez-vous bien ?

— Oui, ma foi, répondis-je, tout heureux d'aborder enfin un sujet qui m'était familier. À trente pas, je ne manquerais pas une carte à jouer, à condition, bien sûr, que les pistolets me fussent connus.

— Vraiment ? dit la comtesse, l'air très intéressé. Et toi, mon ami, tirerais-tu une carte à trente pas ?

— Un de ces jours, dit le comte, nous essaierons. Naguère, je tirais proprement ; mais voilà bien quatre ans que je n'ai pas tenu un pistolet.

— Oh ! dans ce cas, je parie que Votre Grâce manquera une carte même à vingt pas : le pistolet exige que l'on s'y exerce quotidiennement. Je le sais d'expérience. Je passais pour un des meilleurs tireurs de mon régiment. Or, il m'advint de ne pas tenir un pistolet un mois durant, les miens étant en réparation. Eh bien, que pensez-vous qu'il arriva, Votre Grâce ? La première fois que nous tirâmes, j'ai manqué quatre fois d'affilée une bouteille à vingt-cinq pas ! Nous avions un capitaine, un joyeux drille aimant la plaisanterie : « Il faut croire, mon garçon, dit-il, que tu n'as pas le cœur à tirer sur une bouteille ! » Non, vraiment, Votre Grâce, c'est un exercice qu'il ne faut pas négliger, vous perdriez la main à coup sûr. Le meilleur tireur que j'aie connu s'exerçait tous les jours au moins trois fois avant le déjeuner. C'était pour lui aussi indispensable que le petit verre de vodka.

Le comte et la comtesse étaient heureux de ma faconde retrouvée.

— Comment tirait-il donc ? demanda le comte.

— Voilà comment, Votre Grâce : imaginez qu'il aperçoive une mouche posée sur le mur ; vous riez, comtesse ? C'est vrai, sur mon honneur. Il avise donc la mouche et appelle : Kouzma, un pistolet ! et Kouzma de lui apporter un pistolet chargé. Pan ! La mouche est enfoncée dans le mur !

— C'est étonnant ! fit le comte. Comment se nommait-il ?

— Silvio, Votre Grâce.

— Silvio ! s'écria le comte en se levant brusquement. Vous avez connu Silvio ?

— Si je l'ai connu, Votre Grâce ? Nous étions amis ; il avait été accueilli au régiment comme un père, un camarade ; seulement, il y a bien cinq ans que je suis sans nouvelles de lui. Ainsi donc, Votre Grâce, vous l'avez connu, vous aussi ?

— Beaucoup connu, oui. Ne vous a-t-il pas raconté... mais non, je ne pense pas ; ne vous a-t-il pas raconté une fort étrange histoire ?

— S'agirait-il, Votre Grâce, d'un soufflet reçu, au cours d'un bal, d'un jeune écervelé ?

— Mais vous a-t-il révélé le nom de cet écervelé ?

— Non, Votre Grâce... Ah ! Votre Grâce, m'exclamai-je, pressentant la vérité ! Veuillez m'excuser... Je ne savais pas... C'était donc vous ?

— Moi-même, acquiesça le comte, extrêmement troublé. Et ce tableau percé de balles est le témoignage de notre dernière rencontre...

— Oh ! mon ami, dit la comtesse, ne raconte pas cette histoire, au nom du Ciel, j'aurais trop peur.

— Si fait, répliqua le comte, je vais la raconter. Il sait comment j'ai offensé son ami, qu'il sache donc comment Silvio s'est vengé de moi.

Le comte m'avança un fauteuil et c'est avec une immense curiosité que j'entendis le récit que voici.

— Il y a de cela cinq ans, je me suis marié. J'ai passé ici, dans ce domaine, le premier mois, *the honeymoon*[1]. Je dois à cette demeure les meilleurs instants de ma vie et un de mes souvenirs les plus pénibles.

« Un soir, ma femme et moi faisions une promenade à cheval ; sa monture s'étant cabrée, elle prit peur, me confia la bride et décida de rentrer à pied. Je partis devant. J'avisai dans la cour une calèche ; on me dit qu'un homme m'attendait dans mon cabinet, qui n'avait pas voulu se nommer, disant simplement qu'il avait affaire avec moi. J'entrai dans cette pièce où nous sommes et aperçus dans la pénombre un homme aux habits poudreux, au visage mangé de barbe.

« Je m'approchai en essayant de me remémorer ses traits.

« — Tu ne me reconnais pas, comte ? fit-il d'une voix frémissante.

« — Silvio !... m'écriai-je et j'avoue que mes cheveux se dressèrent sur ma tête.

« — Parfaitement, répondit-il. Je te dois un coup de pistolet[2] ; je suis venu décharger mon arme ; es-tu prêt ?

« La crosse d'un pistolet sortait de sa poche intérieure.

---

1. En anglais dans le texte russe.   **2.** Silvio reprend l'expression employée par le comte, p. 87.

J'ai mesuré douze pas et je suis allé me placer dans ce coin, là-bas, en le priant de faire vite, avant que ma femme ne soit rentrée. Il faisait traîner les choses. Il demanda des lumières ; on apporta des chandelles. J'ai fermé la porte en interdisant que l'on entrât et l'ai prié encore une fois de tirer.

« Il a sorti son arme et a visé...

« Je comptais les secondes... Je pensais à elle... Une minute horrible s'écoula. Silvio abaissa le bras.

« — Dommage, dit-il, que le pistolet ne soit pas chargé de noyaux de cerises... la balle est lourde... J'ai le sentiment que ce n'est pas un duel mais un assassinat ; je n'ai pas coutume de tirer sur un homme désarmé... Nous allons recommencer : tirons au sort à qui le premier coup.

« Je fus comme pris de vertige... Je crois que j'ai d'abord refusé... Finalement, nous avons chargé un second pistolet ; nous avons roulé deux billets et les avons mis dans le bonnet jadis troué par ma balle ; une fois de plus, j'ai tiré le numéro un.

« — Tu es diablement heureux, comte... dit-il avec un sourire que je n'oublierai jamais.

« Je ne sais pas ce qui m'arriva, ni comment il a pu m'y contraindre, toujours est-il que j'ai tiré et que ma balle est allée se loger dans ce tableau (le comte désignait du doigt le tableau troué ; son visage flamboyait ; la comtesse était plus blanche que son mouchoir ; je ne pus retenir une exclamation).

« J'ai tiré, poursuivait le comte, et, Dieu merci, je l'ai manqué ; alors, Silvio... (en cet instant, il était horrible à voir, croyez-moi) Silvio m'a visé. Soudain, la porte s'ouvre, Macha entre en courant et se jette à mon cou avec un cri perçant. Sa présence me rend tout mon courage.

« — Voyons, ma chérie, ne vois-tu pas que nous plaisantons ? A-t-on idée de s'effrayer comme cela ! Va donc prendre un verre d'eau et reviens-nous ; je te présenterai un vieil ami et camarade.

« Macha doutait encore.

« — Est-ce bien vrai ce que dit mon mari ? a-t-elle demandé à Silvio qui avait l'air toujours aussi menaçant. Est-il vrai que vous plaisantez tous les deux ?

« — Il plaisante toujours, comtesse, a répondu Silvio. Un jour, par plaisanterie, il m'a donné un soufflet ; en plaisantant il a troué ce bonnet ; tout à l'heure, toujours en plaisantant, il m'a manqué ; maintenant, l'envie m'est venue à moi aussi de plaisanter...

« Là-dessus, il a recommencé à me viser, devant elle ! Macha s'est jetée à ses pieds.

« — Lève-toi, Macha, ai-je crié, fou de rage, et vous, monsieur, cesserez-vous de tourmenter une pauvre femme ? Allez-vous tirer, oui ou non ?

« — Non, a répondu Silvio. Je suis satisfait. J'ai vu ton trouble, ton effroi, je t'ai obligé à me tirer dessus, cela me suffit. Tu te souviendras de moi. Je te laisse à ta conscience.

« Il allait pour sortir, mais sur le pas de la porte il s'est retourné, a tiré presque sans viser sur le tableau que je venais de trouer et est parti. Ma femme gisait sans connaissance ; mes gens n'osaient pas arrêter Silvio et le regardaient épouvantés ; il est sorti, a hélé son cocher, et a disparu avant que j'eusse recouvré mes esprits. »

Le comte se tut. C'est ainsi que j'ai appris la fin d'une histoire dont le début, naguère, m'avait tellement frappé ! Je n'ai plus jamais rencontré son héros. On raconte que Silvio, lors du soulèvement d'Alexandre Ypsilanti, a commandé un détachement d'Hétaires [1] et qu'il a été tué pendant la bataille de Skouliani [2].

---

1. Les « Hétaires » — le mot grec veut dire « compagnons » — sont les membres de l'« Hétairie », société patriotique fondée à la fin du XVIIIe siècle.   2. C'est l'époque de la guerre de libération menée par les Grecs contre les Turcs. Alexandre Ypsilanti (1792-1828) est un des héros de cette guerre. La bataille de Skouliani a eu lieu le 17 juin 1821. Pouchkine en parle assez précisément dans son récit *Kirdjali*, écrit en 1834.

LA TEMPÊTE DE NEIGE

Cette nouvelle est l'une de celles que Ivan Petrovitch Belkine tient de Mademoiselle K.I.T. On peut toujours se figurer que cette demoiselle s'appelle Trafilina, comme la mère de Belkine, comme sa parente et héritière. Cette conjecture n'a pas grand intérêt. Il vaut beaucoup mieux s'intéresser à un fait moins contestable : cette demoiselle semble avoir lu plus d'un roman. Elle fait de l'adjectif « romanesque » un usage presque indiscret.

Il s'agit de romans français. L'un d'eux est évoqué : La Nouvelle Héloïse. *Rousseau apparaît au chapitre II d'*Eugène Onéguine, *à la strophe 29. Il fait les délices de la mère de Tatiana. Il peint la rigueur des parents, opposés par préjugé aux amours sincères de leurs filles, cœurs sensibles.*

Rousseau n'est pas seul en cause. Quand il revient, à la strophe 9 du chapitre III, il traîne après lui Mme Cottin et la baronne de Krüdener. On pourrait évoquer des légions de noms. Il s'agit d'auteurs qui ne reculent pas devant des formules imposantes, ni devant les scènes théâtrales. « Enfants, venez dans nos bras ! » On se croirait dans un tableau de Greuze.

Les parents sont « cruels » ou « adorés », les amants « malheureux », leur constance « héroïque », leurs lettres « longues », leurs songes « affreux », leurs voix « déchirantes ». Bref, on n'a pas lésiné sur les adjectifs.

Mais on va plus loin. On se glisse dans certain fantastique. Les héroïnes voient des songes prophétiques. « Elle tombait vertigineusement avec un indicible ser-

rement de cœur. » La nature s'en mêle, multiplie les signes : *« Tout lui paraissait mauvais augure et funeste présage. »*

Cette fois, c'est le jeu des comparaisons qui domine. La tempête de neige n'est pas seulement un phénomène atmosphérique gênant. On dirait la voix même du destin. *« La bourrasque leur fouettait la figure, comme pour arrêter la jeune criminelle. »* La tempête est pleine de bonnes intentions. C'est elle aussi, semble-t-il, qui veut arrêter Bourmine, si l'on en croit le récit dramatique qu'il déclame à la fin de la nouvelle. En vain. *« Une inexplicable inquiétude s'était emparée de moi. »* La tempête est dans les cœurs. Des forces indicibles mènent les hommes à leur gré.

La tempête empêche de voir. Vladimir tourne en rond, manque Jadrino. Bourmine tourne en rond, tombe sur Jadrino, dont il ne sait rien. La tempête interpose une muraille de brume et de neige folle entre l'homme et son but. La narration interpose des murailles de brume et d'obscurité entre les personnages. On suit Maria Gavrilovna. On l'abandonne ; on l'abandonne *« aux bons soins du sort »*. On suit Vladimir. On l'abandonne.

On a raconté la suite de l'histoire, mais d'un autre point de vue. La continuité se brise. Le fil se perd. Le récit a suivi pourtant les heures une après l'autre. On a vu la tempête se déchaîner, faire rage, se calmer, cesser. On ne sait comment, une ellipse s'est produite, apparemment irrécupérable. Et la conteuse le sait. Elle dit : *« Allons retrouver notre jeune amant »* ; *« retournons chez nos braves gens »*. Ne va-t-elle pas savoir débrouiller cette intrigue qu'elle a tissée ? Ne va-t-elle pas sauver son auditeur qu'elle a égaré dans la tempête ? Elle n'en fait rien. Elle évoque une autre tempête : l'invasion napoléonienne. Elle a trop d'habileté pour expliciter la comparaison.

Comme dans Le Coup de pistolet, *la narration connaît une pause. La guerre est finie. Vladimir est mort. Maria Gavrilovna souffre de « mélancolie ». Il* serait temps que la narratrice intervienne. Elle s'en garde bien. C'est l'héroïne elle-même, quoique vouée à un éternel désespoir, qui prend l'histoire en main. « Elle ourdissait le dénouement le plus inattendu et attendait avec impatience le moment de la déclaration romanesque. » « Elle », c'est Maria Gavrilovna.

L'ironie atteint là des sommets. La belle ne sait pas, ne peut pas savoir, pourquoi est « inattendu » le « dénouement » que, pourtant, « elle prépare ». Au moment fatal, elle se remémore Rousseau, la première lettre de Saint-Preux. Elle revit le roman qu'elle a lu, sans savoir qu'elle est en train de vivre un roman plus romanesque encore.

La narratrice s'est éclipsée. Elle n'avait jamais été bien présente. Maintenant, elle laisse la parole aux amants. Le récit est à deux doigts de se transformer en scène de théâtre.

Le récit ne fait pas même semblant de s'apercevoir que l'héroïne dit : « C'était donc vous ! », en écho à tant de belles étonnées, en écho déformé du « Est-ce vous, mon prince ? » de la Belle au bois dormant. Mais ici c'est l'amant qui raconte qu'il a dormi, si bien dormi qu'il ne peut plus retrouver les lieux, l'église et le château enchanté.

Le sommeil ressemble à une tempête de neige.

La Tempête de neige est la dernière nouvelle écrite par Pouchkine pendant l'automne de Boldino. Comme on l'a noté à propos du Coup de pistolet, le recueil ne suit pas l'ordre chronologique de composition. Ce sont les deux récits les plus romanesques, composés les derniers, qui viennent en tête. De ces deux récits, le moins humoristique est donné le premier.

J.-L. B.

Les chevaux filent à travers champs
Dans la neige épaisse...
À l'écart une chapelle
Se dresse, solitaire.

....

La tempête se déchaîne,
La neige tombe à gros flocons ;
Un corbeau noir, aile sifflante,
Plane au-dessus du traîneau ;
Gémissements prophétiques !
Les chevaux au grand galop
Foncent dans l'obscurité,
Crinières flottant au vent.

Joukovski[1].

En cette fin de l'année 1811 qui est restée gravée dans nos mémoires[2], vivait dans ses terres de Nenaradovo le bon Gavrila Gavrilovitch R. Son hospitalité et sa gentillesse l'avaient rendu célèbre dans le pays ; ses voisins le fréquentaient assidûment, les uns pour manger, boire, jouer au boston à cinq kopeks le point avec sa femme Praskovia Petrovna, d'autres pour le plaisir de voir Maria Gavrilovna, leur fille, svelte, pâle et âgée

---

1. Vassili Joukovski (1783-1852) est un célèbre poète, pour lequel Pouchkine a beaucoup d'admiration et de respect. Son poème *Svetlana*, auquel est empruntée l'épigraphe, transpose librement la célèbre *Lenore* du poète allemand Bürger (1747-1794). Une jeune fille attend son fiancé, qui est parti pour la guerre. Il revient la chercher une nuit, la prend en croupe, l'entraîne dans une chevauchée fantastique qui se termine au cimetière. L'aventure de Maria Gavrilovna est moins terrible.   **2.** L'année 1811 est l'année de la comète, qui annonce évidemment les malheurs de l'invasion française. Voir *Guerre et Paix*, de Tolstoï.

de dix-sept ans. On la disait richement dotée et beaucoup songeaient à elle soit pour eux-mêmes, soit pour
leurs fils.

Maria Gavrilovna était nourrie de romans français et
donc amoureuse. L'objet aimé, un sous-lieutenant sans
fortune, passait un congé dans sa campagne. Il va sans
dire que le jeune homme brûlait d'une passion égale.
Les parents de la belle, ayant remarqué leur penchant
réciproque, avaient interdit à leur fille de penser à lui
et le recevaient plus mal encore que s'il eût été un petit
surnuméraire à la retraite.

Nos amants s'écrivaient et se donnaient tous les
jours rendez-vous dans une futaie de pins ou près d'une
vieille chapelle. Ils se juraient un amour éternel, mau-
dissaient le destin et nourrissaient mille projets. À
force de s'écrire et de converser de la sorte, ils en vinrent tout naturellement au raisonnement que voici :
puisque nous ne pouvons respirer l'un sans l'autre et
que la volonté de nos cruels parents s'oppose à notre
bonheur, pourquoi ne passerions-nous pas outre ? Bien
entendu, cette heureuse idée vint d'abord à l'esprit du
jeune homme et séduisit l'imagination romanesque de
Maria Gavrilovna.

Survint l'hiver qui mit un terme à leurs rendez-vous,
mais leur correspondance n'en fut que plus animée.
Vladimir Nikolaïevitch, dans chacune de ses lettres, la
suppliait de lui confier son sort, de l'épouser secrètement ; ils vivraient cachés un certain temps, après quoi
ils se jetteraient aux pieds de leurs parents lesquels, à
n'en pas douter, se laisseraient fléchir par l'héroïque
constance des amants malheureux et ne manqueraient
pas de leur dire : « Enfants, venez dans nos bras ! »

Maria Gavrilovna hésita longtemps, repoussa maints
projets de fuite. Et se rendit enfin : au jour dit elle
devrait refuser de dîner et se retirer dans sa chambre,
prétextant un mal de tête. Sa servante avait été mise
dans le complot ; toutes deux devaient sortir par l'arrière de la maison, traverser le jardin, monter dans un

traîneau qui les emmènerait à Jadrino, à cinq verstes de Nenaradovo, droit à l'église où Vladimir les attendrait.

La veille du jour décisif, Maria Gavrilovna passa une nuit sans sommeil ; elle fit ses paquets, emballa linge et vêtements, écrivit une longue lettre à une jeune personne sensible de ses amies, une autre à ses parents. Elle leur faisait ses adieux dans les termes les plus touchants, imputait son crime à la force irrésistible de la passion et déclarait en conclusion que l'instant le plus heureux de sa vie serait celui où il lui serait permis de se jeter aux pieds de ses parents adorés. Elle scella les deux lettres avec un cachet de Toula[1] portant gravés deux cœurs enflammés avec une devise appropriée, puis elle se laissa tomber sur son lit et s'endormit au point du jour ; mais des rêves affreux la réveillaient sans cesse. Tantôt il lui semblait qu'au moment même où elle montait en traîneau pour s'aller marier son père l'arrêtait, la traînait dans la neige avec une effrayante rapidité pour la précipiter ensuite dans un souterrain obscur et sans fond... et elle tombait vertigineusement avec un indicible serrement de cœur. Tantôt elle voyait Vladimir gisant dans l'herbe, pâle et ensanglanté. Avant de mourir il la suppliait d'une voix déchirante de hâter leur mariage... D'autres visions hideuses et insensées tourbillonnaient devant ses yeux. Elle se leva enfin, plus pâle qu'à l'accoutumée, avec un mal de tête qui n'était pas feint. Son père et sa mère remarquèrent son trouble ; leur tendre sollicitude et leurs incessantes questions : « Qu'as-tu, Macha ? Serais-tu malade, Macha ? » lui brisaient le cœur. Elle s'efforça de les rassurer, de paraître gaie, mais en vain. Le soir arriva. L'idée que c'était la dernière journée passée au milieu des siens l'oppressait. Plus morte que vive, elle faisait secrètement ses adieux aux personnes et aux objets qui l'environnaient.

On servit le souper ; son cœur battit plus fort. D'une

---

1. Toula, à 200 km au sud de Moscou, est connue depuis toujours pour ses ateliers où l'on travaille les métaux.

voix tremblante elle annonça qu'elle n'avait pas faim et elle prit congé de son père et de sa mère. Comme de coutume, ils lui donnèrent leur bénédiction [1] et l'embrassèrent. Elle faillit fondre en larmes. Rentrée dans sa chambre, elle se jeta dans un fauteuil et donna libre cours à ses pleurs. La servante la suppliait de se calmer et de reprendre courage. Tout était prêt. Une demi-heure plus tard, Macha devait abandonner à tout jamais la maison paternelle, sa chambre, sa paisible et virginale existence... Au-dehors, la tempête de neige se déchaînait ; le vent mugissait, secouant et faisant claquer les volets ; tout lui paraissait mauvais augure et funeste présage. Bientôt, la maison se tut et s'endormit. Macha s'enveloppa d'un châle, revêtit un manteau fourré, prit sa cassette et sortit par la porte de derrière. La servante la suivait, portant deux balluchons. Elles descendirent au jardin. La tempête ne s'apaisait pas. La bourrasque leur fouettait la figure, comme pour arrêter la jeune criminelle. À grand-peine, elles gagnèrent l'extrémité du jardin où un traîneau les attendait. Les chevaux, transis, ne tenaient pas en place ; le cocher de Vladimir faisait les cent pas et tâchait de les calmer. Il aida la demoiselle et la servante à s'installer, à caler les balluchons et la cassette ; puis il saisit les rênes et lança les chevaux au galop. Ayant confié la demoiselle aux bons soins du sort [2] et au zèle du cocher, allons retrouver maintenant notre jeune amant.

Vladimir avait passé la journée en démarches. Dans la matinée, il était allé voir le prêtre de Jadrino et l'avait gagné non sans mal à sa cause ; puis, il était parti en quête de témoins parmi les hobereaux du voisinage. Le premier chez qui il se présenta fut le quadra-

---

1. La bénédiction des parents est un geste quotidien dans l'ancienne Russie. Mais on la donne plus particulièrement aux fiancés, juste après la demande en mariage. Maria Gavrilovna pense-t-elle à ce détail ?   2. Le « sort » qui va prendre soin de la demoiselle rappelle le « destin » que maudissent les amants, p. 100. En russe, le mot est le même.

génaire Dravine, ancien cornette[1], qui accepta de grand
cœur. Cette aventure, assurait-il, lui rappelait le bon
vieux temps et ses frasques de hussard. Il retint Vladimir à dîner, l'assurant qu'il trouverait sans difficulté
deux autres témoins. De fait, aussitôt après le repas, on
vit arriver l'arpenteur Schmitt avec sa moustache et ses
éperons, et le fils du capitaine de police, un garçon de
seize ans environ, récemment entré dans les uhlans[2].
Non contents d'accepter la proposition de Vladimir, ils
se jurèrent prêts à sacrifier leurs vies pour lui. Vladimir, transporté de joie, les serra dans ses bras et
retourna chez lui faire ses préparatifs.

Le jour déclinait depuis longtemps. Il dépêcha à
Nenaradovo une troïka avec le fidèle Teriochka, chargé
de recommandations ; pour lui-même, il fit atteler un
petit traîneau et partit seul, sans cocher, pour Jadrino
où Maria Gavrilovna devait arriver quelque deux
heures plus tard. La route lui était familière et le trajet
n'exigeait pas plus d'une vingtaine de minutes.

Mais Vladimir ne fut pas plus tôt dans la campagne
que le vent commença à souffler, soulevant des tourbil-
lons de neige aveuglants. En un instant la route disparut sous la neige ; les alentours furent engloutis dans
un brouillard glauque traversé de flocons blancs ; le
ciel se confondit avec la terre. Se retrouvant en plein
champ, Vladimir s'efforçait en vain de rejoindre la
route ; le cheval avançait au hasard, tantôt escaladant
une congère, tantôt s'effondrant dans un fossé ; le traîneau versait à chaque instant. Du moins Vladimir espé-
rait-il se maintenir dans la bonne direction. Il lui
semblait que plus d'une demi-heure s'était écoulée, et

---

1. Le grade de « cornette » est, dans la cavalerie, l'équivalent
du grade de sous-lieutenant dans les autres armes. C'est le plus
modeste des grades d'officier. On note que le personnage a été
hussard. Mais on ne peut pas dire que sa carrière ait été brillante.
2. Les « uhlans » sont des cavaliers armés de la lance. Mot allemand, passé tel quel en russe et en français. Ainsi s'explique la
graphie française.

pourtant il n'avait pas encore atteint le bois de Jadrino. Une dizaine de minutes passèrent encore ; toujours pas de bois en vue. Il traversait une plaine coupée de ravins profonds. Le vent ne tombait pas, le ciel demeurait obscur. Le cheval peinait, lui-même était en nage bien qu'il s'enfonçât jusqu'à mi-corps dans la neige.

Il s'avisa enfin qu'il n'allait pas dans la bonne direction. Il s'arrêta, réfléchit, rassembla ses souvenirs et décida qu'il fallait prendre à droite. Il prit donc à droite. Son cheval était à bout de forces. Depuis plus d'une heure qu'il était en route, Jadrino ne devait pas être loin. Mais Vladimir allait, allait toujours et la plaine ne finissait toujours pas. Rien que des congères et des ravins ; le traîneau versait à chaque instant, à chaque instant il le redressait. Le temps passait ; l'angoisse s'empara de lui.

D'un côté, enfin, une masse sombre apparut ; Vladimir obliqua vers elle. En approchant, il reconnut un bois. Dieu soit loué, se dit-il, je ne suis plus loin. Il longea le bois dans l'espoir de le contourner ou de retrouver la route : Jadrino était situé juste à l'opposé. Il aperçut bientôt la route et pénétra dans l'obscurité des arbres dénudés par l'hiver. La tempête, ici, ne pouvait se donner libre cours ; la route était bonne ; le cheval reprit courage et Vladimir se sentit rassuré.

Pourtant, il allait, allait encore, et Jadrino n'était toujours pas en vue. Épouvanté, Vladimir comprit qu'il s'était trompé de bois. Le désespoir s'empara de lui. Il fouetta son cheval ; la malheureuse bête partit au trot, mais au bout d'un quart d'heure, harassée, elle se remit au pas en dépit de tous les efforts de l'infortuné Vladimir.

Peu à peu les arbres s'espacèrent, l'attelage sortit du bois ; toujours pas de Jadrino. Il ne devait pas être loin de minuit. Les larmes jaillirent des yeux de Vladimir ; il poursuivit son chemin au petit bonheur. La tempête s'était apaisée, les nuages se dispersaient, devant lui s'étendait la plaine recouverte d'un tapis blanc onduleux. La nuit était assez claire. Il aperçut un hameau de quatre ou cinq maisons. Devant la première il sauta hors du traîneau et courut frapper à la fenêtre. Au bout de quelques minutes le volet de bois se souleva et un vieil homme sortit sa barbe blanche.

— Qu'est-ce que c'est ?

— Est-ce que Jadrino est loin d'ici ?

— Si Jadrino est loin d'ici ?

— Mais oui, mais oui, est-ce loin ?

— Pas tellement, une dizaine de verstes.

À ces mots, Vladimir resta pétrifié, comme un homme qui vient d'entendre sa sentence de mort.

— D'où c'est que tu viens [1] ? poursuivit le vieil homme.

Mais Vladimir n'était pas d'humeur à se laisser questionner.

— Pourrais-tu m'avoir des chevaux pour aller à Jadrino ? demanda-t-il.

— Comme si on avait des chevaux ! répondit le vieux.

— Alors un guide. Je paierai ce qu'il voudra.

— Attends, fit le vieillard en rabattant le volet. Je t'envoie mon fils, il va te conduire.

Vladimir attendit. Les minutes passant, il heurta derechef au volet. Le volet se releva, la barbe blanche réapparut.

— Qu'est-ce que c'est ?

— Et ton fils, il arrive ?

— Tout à l'heure, il met ses bottes. C'est-il que tu aurais froid ? Entre un peu pour te réchauffer.

— Non merci ; envoie vite ton fils.

Le portail grinça ; un gars parut, armé d'un gourdin ; il partit devant, tantôt montrant le chemin, tantôt le cherchant entre les congères.

— Quelle heure est-il ? demanda Vladimir.

— Il va faire jour bientôt, répondit le jeune paysan.

---

1. Dans l'original russe, le contraste est sensible, tout au long du dialogue, entre la langue châtiée que parle Vladimir, et la langue populaire de son interlocuteur.

Vladimir, dès lors, ne souffla plus mot.

Le coq chantait et il faisait jour lorsqu'ils atteigni-
rent Jadrino. L'église était verrouillée. Vladimir paya
son guide et courut à la maison du prêtre. Sa troïka n'y
était pas. Quelles nouvelles l'attendaient ?

Mais retournons chez nos braves gens de Nenaradovo et voyons un peu ce qui s'y passe.

En fait, rien du tout.

Les vieux s'étaient levés et étaient descendus au
salon. Gavrila Gavrilovitch en bonnet de nuit et veste
de flanelle, Praskovia Petrovna en douillette ouatée. On
apporta le samovar et Gavrila Gavrilovitch envoya
prendre des nouvelles de Maria Gavrilovna et demander si elle avait bien dormi. La servante revint pour
annoncer que la demoiselle avait mal dormi mais
qu'elle allait mieux et qu'elle allait venir au salon sur
l'heure. En effet, la porte s'ouvrit et Maria Gavrilovna
vint souhaiter le bonjour à papa et maman.

— Comment va ta tête, Macha ? s'enquit Gavrila
Gavrilovitch.

— Bien mieux, papa, répondit Macha.

— Ton poêle a dû fumer hier au soir, fit Praskovia
Petrovna.

— Peut-être, maman, répondit Macha.

La journée se passa bien mais, dans la nuit, Macha
tomba malade. On envoya quérir le médecin à la ville.
Il arriva dans la soirée et la trouva délirante. Une mauvaise fièvre s'était déclarée et deux semaines durant la
pauvre malade fut au bord de la tombe.

Personne, dans la maison, ne savait rien de la fuite
complotée. Les lettres que Macha avait écrites la veille
avaient été brûlées ; la servante ne souffla mot, craignant
la colère de ses maîtres. Le prêtre, l'ancien cornette, l'arpenteur moustachu et le petit uhlan se montrèrent dis-
crets ; quant à Teriochka le cocher, même ivre, il savait
tenir sa langue, ce qui tombait fort à propos. De sorte que
le secret fut gardé par plus d'une demi-douzaine de
conjurés. Mais Maria Gavrilovna, dans son délire inces-
sant, se trahissait elle-même. Cependant, ses propos

étaient à tel point incongrus que sa mère, qui ne quittait pas son chevet, en pouvait conclure uniquement que sa fille était mortellement amoureuse de Vladimir Niko-laïevitch et que, selon toute vraisemblance, l'amour était cause de sa maladie. Elle prit conseil de son mari, de quelques voisins et l'on convint finalement que tel était le destin de Maria Gavrilovna, que ce qui doit arriver arrive, que pauvreté n'est pas vice, que l'argent ne fait pas le bonheur et le reste à l'avenant. Les dictons moraux peuvent être d'une grande utilité dans les cas où nous ne sommes guère capables d'imaginer nous-mêmes de quoi nous justifier.

Cependant, la demoiselle se remettait. Vladimir ne se montrait plus depuis longtemps chez Gavrila Gavri-lovitch. Il redoutait d'y être accueilli comme à l'accoutumée. On convint de l'envoyer mander et de lui annoncer ce bonheur inespéré : le consentement au mariage. Quelle ne fut pas la stupéfaction des maîtres de Nenaradovo lorsque, en réponse à leur invitation, ils reçurent de lui une lettre à peu près insensée ! Il leur faisait savoir qu'il ne remettrait plus jamais les pieds chez eux et les suppliait d'oublier un infortuné pour qui la mort restait la seule espérance. Quelques jours plus tard, ils apprenaient que Vladimir était parti pour les armées. C'était en 1812.

Longtemps on n'osa pas annoncer cette nouvelle à la convalescente. Pour elle, elle ne faisait jamais la moindre allusion à Vladimir. Quelques mois plus tard, ayant trouvé son nom dans la liste des officiers qui s'étaient distingués et avaient été blessés à Borodino [1], elle perdit connaissance et l'on craignit une rechute.

---

1. Les Russes appellent bataille de Borodino une bataille sanglante qui s'est livrée près de Moscou, le 7 septembre 1812, et qu'ils estiment avoir gagnée. Les Français appellent bataille de la Moskova une bataille sanglante qui s'est livrée près de Moscou, le 7 septembre 1812, et qu'ils estiment avoir gagnée. C'est la même bataille. Voir *Guerre et Paix*.

Grâce au ciel, cet évanouissement demeura sans suites fâcheuses.

Un autre malheur la frappa : Gavrila Gavrilovitch était mort, la laissant héritière de tous ses biens. L'héritage ne lui fut pas une consolation ; elle partagea la sincère affliction de la pauvre Praskovia Petrovna et lui jura de ne la quitter jamais ; elles abandonnèrent Nenaradovo, ce lieu de tristes souvenirs, et allèrent s'installer dans leur domaine de ***.

Là encore, les prétendants s'empressèrent auprès de la charmante et riche héritière ; mais à aucun elle ne laissait le moindre espoir. Sa mère, parfois, la pressait de faire un choix ; Maria Gavrilovna hochait la tête et demeurait pensive. Vladimir n'était plus ; il était mort à Moscou, la veille de l'entrée des Français dans la ville. Il semblait que son souvenir fût sacré pour Macha ; à tout le moins conservait-elle tout ce qui pouvait le lui rappeler ; les livres qu'il avait lus, ses dessins, les musiques et les poèmes qu'il avait recopiés pour elle. Instruits de toutes choses, les voisins s'émerveillaient de sa constance et guettaient avec impatience la venue du héros à qui il reviendrait enfin de triompher de la fidélité mélancolique de cette virginale Artémise [1].

Entre-temps, la guerre s'était glorieusement achevée. Nos armées revenaient de l'étranger [2]. Le peuple les acclamait. Les fanfares jouaient des airs conquis sur l'ennemi : *Vive Henri Quatre* [3], des valses tyro-

---

1. Artémise, veuve du roi Mausole, consacra fidèlement le reste de sa vie au culte de son époux défunt, et fit construire pour lui un tombeau superbe, le Mausolée, que les Anciens considéraient comme une des sept merveilles du monde. La chose se passait en Asie Mineure, au IVe siècle avant notre ère.   2. En 1814, après l'entrée des Alliés à Paris et la première abdication de Napoléon.   3. Cette chanson du chansonnier et auteur dramatique Charles Collé (1709-1783), extraite de sa comédie *La Partie de chasse de Henri IV* (1774), est devenue la chanson royaliste par excellence. Mais elle était aussi appréciée dans d'autres milieux. La comparaison entre Henri IV et Napoléon fait partie de la mythologie populaire de ce temps-là.

liennes et des airs de *Joconde*[1]. Les officiers, partis
presque enfants, s'en revenaient aguerris des champs
de bataille et bardés de médailles. Les hommes de
troupe devisaient gaiement, mêlant dans leurs propos
les mots français et allemands. Époque inoubliable !
Époque de gloire et de jubilation ! Comme les cœurs
russes battaient fort au mot de *patrie* ! Comme elles
étaient douces, les larmes des retrouvailles ! Comme
nous avons communié dans le sentiment de l'orgueil
national et l'amour du Souverain ! Et pour celui-ci,
quels instants !

Les femmes, les femmes russes, furent alors incompa-
rables. Il ne restait plus trace de leur froideur habituelle.
Leur exaltation était réellement grisante lorsqu'elles
criaient « hourrah ! » en accueillant les vainqueurs,

> *Et bonnets de voler dans l'air*[2] !

Y a-t-il un officier de ce temps-là pour nier que la
femme russe a été sa plus belle, sa plus précieuse
récompense[3] ?

En cette époque de gloire, Maria Gavrilovna et sa
mère vivaient dans le gouvernement de *** et ne
pouvaient voir comment les deux capitales célé-
braient le retour des armées. Mais dans les villes de
province et dans les campagnes, l'enthousiasme était
peut-être plus vif encore. Là-bas, l'apparition d'un
officier était pour lui l'occasion d'un véritable
triomphe et le gandin en habit civil faisait piètre
figure en sa présence.

Nous avons déjà dit qu'en dépit de sa froideur Maria
Gavrilovna était toujours environnée de soupirants.
Mais force leur fut de s'effacer lorsque parut au châ-

---

1. *Joconde* est un opéra-comique de Nicolas Isouard (1775-
1818), fort en vogue en 1814.   2. Citation de la comédie de Griboïedov, *Le Malheur d'avoir trop d'esprit* (1823).   3. Tout ce
passage reproduit le ton des discours officiels. On aurait probablement tort de croire qu'il s'agit d'une parodie.

teau le colonel de hussards Bourmine[1], blessé, arborant la croix de saint Georges[2] et une *pâleur intéressante,* comme disaient les demoiselles du cru. Il avait environ vingt-six ans. Il était venu en congé de convalescence dans son domaine, voisin de celui de Maria Gavrilovna. Maria Gavrilovna le distingua tout particulièrement. En sa présence, sa mélancolie coutumière se dissipait. Ce n'est pas qu'elle fît la coquette avec lui ; mais en observant son attitude le poète aurait dit :

Se amor non è, que dunque[3] ?

De fait, Bourmine était un charmant jeune homme. Il avait ce genre d'esprit qui plaît aux femmes, fait de décence et d'observation, sans l'ombre de présomption, insouciant et moqueur. Il en usait avec Maria Gavrilovna de façon simple et libre ; mais quoi qu'elle dît ou fît, son cœur et ses regards ne se détachaient point d'elle. Il présentait les apparences d'un naturel doux et modeste, mais la rumeur publique affirmait qu'il avait naguère été un bourreau des cœurs, ce qui ne lui nuisait aucunement dans l'estime de Maria Gavrilovna laquelle (comme toutes les jeunes femmes en général) excusait volontiers les fredaines révélatrices d'un caractère hardi et passionné.

Mais plus que tout... (plus que ses tendres prévenances, plus que sa conversation agréable, plus que sa pâleur intéressante, plus que son bras en écharpe), c'étaient les silences[4] du jeune hussard qui aiguillonnaient sa curiosité et son imagination. Elle ne pouvait

---

1. Bourmine est le seul personnage de la nouvelle dont ne soit connu que le nom de famille, à l'exclusion du prénom et du patronyme. Il faut rappeler que l'usage était, pour les dames et demoiselles, d'appeler les jeunes gens par leur nom de famille.   **2.** La croix de Saint-Georges est une prestigieuse décoration militaire. **3.** Début du sonnet 132 de Pétrarque. « *S'amor non è, che dunque è quel ch'io sento ?* » (Si ce n'est de l'amour, qu'est-ce donc que je sens ?) Pétrarque est bien connu dans l'Europe romantique, qui sait toujours un peu d'italien, ne serait-ce que pour pouvoir chanter. **4.** Bourmine a son secret, comme Silvio.

ignorer qu'elle lui plaisait beaucoup ; lui aussi, sans doute, intelligent et expérimenté comme il l'était, avait pu remarquer qu'elle le distinguait ; comment donc se faisait-il qu'elle ne l'avait pas encore vu à ses pieds ni entendu ses déclarations ? Qu'est-ce qui le retenait ? La timidité, inséparable de l'amour véritable ? L'orgueil ou la coquetterie d'un séducteur chevronné ? Il y avait là pour elle une énigme. Après mûre réflexion, elle arrêta que la timidité était seule en cause ; elle décida donc de l'encourager par un surcroît de prévenances et, le cas échéant, de tendresse. Elle ourdissait le dénouement le plus inattendu et attendait avec impatience le moment de la déclaration romanesque. Le mystère, de quelque nature qu'il soit, pèse toujours lourd au cœur de la femme. Sa stratégie fut couronnée de succès : du moins Bourmine sombra-t-il dans de si profondes rêveries, et ses yeux noirs s'attachèrent-ils avec tant de flamme à la personne de Maria Gavrilovna, que l'instant fatidique semblait proche. Les voisins parlaient de ce mariage comme d'une affaire entendue et l'excellente Praskovia Petrovna se réjouissait que sa fille eût enfin trouvé un époux digne d'elle.

Un jour que la vieille dame était seule dans son salon à faire une *grande patience*, Bourmine entra et s'enquit de Maria Gavrilovna. « Elle est dans le jardin, répondit-elle, allez la rejoindre, je vous attendrai ici. » Bourmine sortit et la vieille dame se signa en pensant qu'avec l'aide de Dieu l'affaire pourrait être conclue le jour même.

Bourmine trouva Maria Gavrilovna près de l'étang, sous un saule ; avec son livre ouvert et sa robe blanche, elle avait tout d'une héroïne de roman. Après les premières phrases Maria Gavrilovna cessa volontairement d'entretenir la conversation, aggravant d'autant un trouble que seule une explication brusque et franche pouvait dissiper. C'est ce qui arriva ; Bourmine, dans cette situation embarrassante, déclara qu'il cherchait depuis longtemps l'occasion de lui ouvrir son cœur et

sollicita quelques instants de son attention. Maria
Gavrilovna referma son livre et baissa les yeux en
signe d'acquiescement.

— Je vous aime, dit Bourmine, je vous aime passionnément... (Maria Gavrilovna rougit et baissa
encore la tête.) J'ai agi inconsidérément en m'abandonnant à une douce habitude, à l'habitude de vous voir et
de vous entendre chaque jour... (Maria Gavrilovna se
remémora la première lettre de Saint-Preux [1].) Il n'est
plus temps de lutter contre ma destinée ; désormais,
votre souvenir, votre image incomparable et adorée
seront mon supplice et ma félicité ; mais il me reste un
pénible devoir à accomplir, à vous révéler un horrible
secret et à dresser entre nous un obstacle infranchis-
sable...

— Il a toujours existé, l'interrompit Maria Gavrilovna avec vivacité. Je n'aurais jamais pu être votre
femme...

— Je sais, répondit-il avec douceur, je sais que vous
avez aimé jadis, mais la mort et trois années de deuil...
Ma chère, ma bonne Maria Gavrilovna ! Ne vous effor-
cez pas de me priver de mon ultime consolation ; l'idée
que vous eussiez consenti à faire mon bonheur si... ne
dites rien, au nom du Ciel, ne dites rien ! Vous me
torturez. Oui, je sais, je sens que vous auriez été
mienne, mais, je suis le plus malheureux des hommes :
je suis marié !

Maria Gavrilovna leva sur lui un regard étonné.

— Je suis marié, reprit Bourmine, je suis marié
depuis plus de trois ans et je ne sais qui est ma femme,
ni où elle se trouve, ni si je la reverrai jamais !

— Que dites-vous là ! s'écria Maria Gavrilovna.
Comme c'est étrange ! Poursuivez, je vous expliquerai
ensuite... Poursuivez, je vous en prie.

— Au début de l'année 1812, fit Bourmine, je me

---

1. Saint-Preux est le nom que prend « l'amant de Julie », dans
La Nouvelle Héloïse de Rousseau.

rendais en toute hâte à Vilna[1] où mon régiment avait
ses quartiers. Arrivé à un relais, tard dans la soirée,
j'ai ordonné d'atteler sur-le-champ, mais, une terrible
tempête de neige s'étant déchaînée, le maître de poste
et les postillons me conseillèrent d'attendre. Je me suis
rendu à leurs raisons, mais une inexplicable inquiétude
s'était emparée de moi ; il semblait que quelqu'un me
poussât littéralement. Cependant, la tempête faisait
rage. N'y tenant plus, j'ai fait atteler et je suis parti en
pleine tempête. Le postillon avait imaginé de longer la
rivière, ce qui devait raccourcir le trajet de trois
verstes. Les berges disparaissaient sous la neige ; le
postillon a manqué la route et nous nous sommes
retrouvés en pays inconnu. La bourrasque soufflant de
plus belle, j'ai avisé une lumière et ordonné d'aller sur
elle. Nous sommes entrés dans un village. L'église de
bois était éclairée, les portes étaient ouvertes ; plusieurs
traîneaux attendaient dans l'enceinte ; des gens allaient
et venaient sur le parvis. « Par ici, par ici ! » ont crié
plusieurs voix. J'ai ordonné au postillon d'approcher.
« On ne t'attendait plus, me dit quelqu'un. La mariée
est évanouie, le pope ne sait que faire, pour un peu
nous allions rentrer. Descends vite. » Sans mot dire je
suis sorti du traîneau et je suis entré dans l'église que
deux ou trois cierges éclairaient faiblement. Une jeune
fille était assise sur un banc, dans un coin sombre de
l'église ; une autre lui frictionnait les tempes.

« — Dieu soit loué ! dit celle-ci, vous voilà enfin !
Ma bonne demoiselle a failli en mourir !

« Un vieux prêtre m'a abordé :

« — Alors, on peut commencer ?

« — Commencez, commencez, mon père, ai-je
répondu distraitement.

« On a relevé la jeune fille. Elle m'a paru jolie...
Une incroyable, une impardonnable légèreté... Je me
suis placé à côté d'elle devant l'autel ; le prêtre se

---

1. Vilna, nom russe de Vilnius, capitale de la Lituanie. La Lituanie avait été annexée par l'Empire russe à la fin du XVIIIᵉ siècle.

hâtait ; trois hommes et l'autre jeune fille soutenaient la fiancée et ne s'occupaient que d'elle. On nous a mariés. "Embrassez-vous", nous a-t-on dit. Ma femme a tourné vers moi son visage tout pâle. J'allais lui donner un baiser... Elle a jeté un cri : "Ce n'est pas lui ! Ce n'est pas lui !" et elle a perdu connaissance. Les témoins, effrayés, se sont tournés vers moi. J'ai fait demi-tour, je suis sorti sans encombre de l'église et j'ai sauté dans mon traîneau en criant : "Au galop !"

— Seigneur ! s'écria Maria Gavrilovna. Et vous ne savez pas ce qu'il est advenu de votre malheureuse épouse ?

— Je l'ignore, répondit Bourmine ; je ne sais pas davantage comment s'appelle le village où j'ai été marié, et j'ai oublié de quel relais je venais. À l'époque, j'attachais si peu d'importance à ma criminelle frivolité qu'à peine éloigné de l'église je me suis endormi pour ne me réveiller que le lendemain, au troisième relais. Le domestique qui m'accompagnait alors est mort à la guerre, si bien que je ne peux même pas espérer retrouver celle que j'ai si cruellement offensée et qui, aujourd'hui, est si cruellement vengée [1].

— Mon Dieu, mon Dieu ! fit Maria Gavrilovna en le saisissant par la main. C'était donc vous ! Et vous ne me reconnaissez pas ?

Bourmine pâlit... et se jeta à ses pieds...

---

1. *La Tempête de neige* serait donc, comme *Le Coup de pistolet*, une histoire de vengeance ?

LE MARCHAND DE CERCUEILS

Cette histoire-là, Ivan Petrovitch la tient du « commis B.V. ». Par « commis », entendez un garçon de boutique, ou presque. Nous sommes chez des gens modestes. B.V., comme Adrian Prokhorov, se contente de deux noms : un prénom, et un patronyme, à l'exclusion de tout nom de famille. Il prend soin d'introduire dans son récit un confrère, le « commis » de la marchande Trukhina, un malin, qui s'est arrangé avec le marchand de cercueils, le prévient au plus vite à la mort de la dame, et touche au passage une petite commission : dix kopeks ne représentent pas un pactole.

B.V., le conteur, aussi est un malin. Son astuce consiste à cacher les coutures. Alors que la demoiselle K.I.T. indiquait impudemment les failles qui apparaissaient dans la narration de La Tempête de neige*, le commis oublie de signaler que son histoire change d'univers : Adrian Prokhorov s'est endormi dans la vie réelle et se réveille en rêve. Le lecteur peut fort bien ne se rendre compte de rien. À quel moment aura-t-il un doute ? Lorsque se fait entendre la voix « assourdie » de l'homme au tricorne ? Lorsque cette voix prononce les mots : « montre le chemin à tes invités » ? Il y a une bonne page qu'on se trouve dans le monde onirique, mais c'est un monde si sage, si raisonnable, qu'on le prendrait pour l'autre. Tout au plus, peut-être, s'avisera-t-on après coup que la commission de dix kopeks exprime moins la réalité des usages que la pingrerie du rêveur.*

*On est passé sans crier gare de la veille au rêve ;
on reviendra à la veille, non sans avoir pris soin de
faire, dans son rêve même, s'évanouir le rêveur. Il faut
que puisse, même fugitivement, s'esquisser la question : dans quel monde se réveille-t-il ? Il apparaît que
c'est dans le monde réel, et Adrian s'en réjouit,
oubliant que la marchande Trukhina vit toujours. Le
rêve, en s'enfuyant, a réduit à néant la bonne nouvelle
de sa mort.*

Dans l'économie du recueil, Le Marchand de cercueils *représente l'intermède comique. Il comporte une
scène de genre, des croquis de personnages cocasses.
L'épisode terrifiant s'achève sans dommage pour personne. Ce n'était que le produit d'un jeu de mots : un
marchand de cercueils peut-il, comme d'autres artisans, boire à la santé de ses pratiques ?*

*La référence à Shakespeare n'est pas dépourvue
d'arrière-pensées. Le fossoyeur d'*Hamlet *est maître en
calembours. Avec sa verve populaire, il intervient,
pour dérider l'auditoire, entre deux épisodes affreux
de cette tragédie qui fait souffrir les princes. Contre le
destin, il maintient les droits de l'humour.*

*Adrian Prokhorov est moins gai que lui. Certain
humour lui échappe. Son enseigne proclame qu'il « répare les cercueils usagés ». Et quand on veut le faire
boire à la santé de ses défunts clients, il se fâche. La
colère lui inspire ce vœu imprudent : « Mes chers bienfaiteurs, faites-moi l'honneur de festoyer chez moi. »*

*Adrian Prokhorov n'a pas lu Shakespeare ; il n'a
pas lu Molière ; il n'a même pas lu Pouchkine. Comme
il est venu au jour, littérairement parlant, le 9 septembre 1830, il ne peut pas connaître* L'Invité de
pierre, *qui ne sera fini que le 4 novembre. Son cri est
pourtant, à peu de chose près, celui de Don Juan. Il
invite un mort chez lui. C'est un grave péché qu'il
commet là. On damne les gens pour des impiétés
moindres. Il en sera quitte, lui, pour un cauchemar. Il
n'est pas, lui, grand seigneur. Il fait son métier, son
petit métier. Il répare les vieux cercueils.*

Le traducteur n'y peut rien. Le mot grob, *qu'il ne peut rendre que par « cercueil », n'a pas la valeur limitée, somme toute technique, qui est la sienne en français. Il est tout près de* grobnitsa, *qui veut dire « tombeau ». Les poètes l'emploient métaphoriquement dans ce sens. Il serait absurde de le traduire par « cercueil » dans le distique de Derjavine qui sert d'épigraphe à la nouvelle. Or il s'y trouve, bien en évidence ; sur la page, il reprend, en lettres plus petites, le début du mot* grobovchtchik, *qui se traduit par « le marchand de cercueils ».* Grob, *c'est aussi le tombeau, la nuit du tombeau.*

Que rêve Adrian ? Il rêve que les trépassés, ceux qui habitent sous terre, dans l'obscur des temps révolus, ont fait irruption chez lui, dans cette nouvelle maison où il vient de s'installer comme pour rompre avec certain passé. Certains sont absents, en trop piteux état, mais, symboliquement, le plus ancien de tous a tenu à surgir de l'abîme : Piotr Petrovitch Kourilkine, enterré en 1799, l'année même de la naissance de Pouchkine.

Heureusement, ce n'était qu'un rêve ; çe n'était qu'une comédie ; ce n'était que du fantastique facile.

J.-L. B.

Chaque jour nous voyons les tombes
D'un univers chenu et vieillissant.

Derjavine[1].

Les dernières hardes du marchand de cercueils, Adrian Prokhorov[2], avaient été chargées sur un corbillard, et la paire de haridelles se traîna pour la quatrième fois de la rue Basmannaïa à la rue Nikitskaïa[3] où il déménageait avec toute sa maisonnée. Il verrouilla sa boutique, cloua sur la porte un avis de mise en vente ou en location, et s'en alla à pied vers son nouveau logis. À l'approche de la bicoque jaune qui avait si longtemps séduit son imagination et qu'il avait fini par acheter à un prix avantageux, le vieil homme s'avisa avec étonnement que son cœur ne se réjouissait pas. Ayant franchi ce seuil inconnu et découvert dans sa maison un certain désordre, il eut un soupir de regret

---

1. Derjavine (1743-1816) est le plus grand poète russe de son époque. Les vers cités sont extraits de son ode *La Cascade*, méditation sur l'instabilité des choses de ce monde. 2. Comme le commis de qui Belkine tient l'histoire, Adrian Prokhorov, homme simple, n'a pas de nom de famille. De plus son patronyme est en « ov » et non en « ovitch », suffixe autrefois réservé aux gens de qualité. 3. L'histoire se passe à Moscou. Adrian Prokhorov est venu s'installer dans le quartier de l'Arbat, quartier commerçant (la rue Nikitskaïa s'est depuis appelée rue Herzen) ; il quitte un autre quartier commerçant, plus ancien, situé dans la partie nord-est de la ville : il y avait là deux rues Basmannaïa, la vieille et la neuve ; la neuve a gardé son nom ; la vieille s'est appelée rue Karl-Marx. Toutes deux se rejoignent sur une place qui s'appelle toujours place Razgouliaï.

pour la masure délabrée où, dix-huit années durant, toutes choses avaient obéi à une stricte ordonnance ; il morigéna ses deux filles et la servante pour leur peu de diligence et se mit en devoir de les aider. Bien vite, cependant, les choses se remirent en place : les icônes, le vaisselier, la table, le canapé et le lit occupèrent les coins qui leur étaient dévolus dans la pièce du fond ; les produits de l'industrie du maître de maison envahirent la cuisine et le salon : des cercueils de toutes teintes et de toutes dimensions, mais aussi des armoires pleines de chapeaux, de capes et de flambeaux funéraires. Au-dessus de l'entrée on avait arrimé une enseigne représentant un amour potelé porteur d'un flambeau renversé avec ces mots : « Ici l'on vend et tapisse tous cercueils ordinaires ou peints, on loue et répare les cercueils usagés. » Les filles s'étaient retirées dans leur chambre. Adrian fit encore une fois le tour du logis, puis s'assit près de la fenêtre et ordonna de préparer le samovar.

Le lecteur éclairé n'ignore pas que Shakespeare et Walter Scott[1] nous ont peint leurs fossoyeurs en hommes gais et bons vivants pour mieux frapper notre imagination au moyen de ce contraste. Le respect de la vérité nous interdit de suivre cet exemple et nous oblige à reconnaître que notre marchand de cercueils était doté d'un naturel tout à fait conforme à sa lugubre industrie. À son ordinaire, Adrian Prokhorov était d'humeur morose et pensive. Il ne rompait son silence que pour tancer ses filles quand il les surprenait à la fenêtre, lorgnant les passants, ou pour réclamer un prix excessif de son ouvrage à ceux qui avaient le malheur (ou parfois la satisfaction) d'y recourir.

Or donc, assis devant sa fenêtre et savourant sa septième tasse de thé, Adrian était, comme d'habitude, plongé dans de mélancoliques réflexions. Il songeait à la pluie torrentielle qui, une semaine auparavant, avait

---

1. Shakespeare, dans *Hamlet*, acte V, scène 1. Walter Scott dans *La Fiancée de Lammermoor* (chapitre XXIV).

surpris, aux portes de la ville, l'enterrement d'un briga-dier[1] retraité. De nombreuses capes avaient de ce fait rétréci, de nombreux chapeaux avaient perdu leur forme. Il prévoyait une dépense inévitable, car sa réserve d'accessoires funéraires tombait dans un état lamentable. Il espérait se rattraper sur la vieille mar-chande Trukhina, à l'article de la mort depuis un an déjà. Seulement, Trukhina agonisait dans le quartier de Razgouliaï[2] et Prokhorov craignait que ses héritiers, en dépit de leurs promesses, au lieu de l'envoyer quérir d'aussi loin, ne fissent affaire avec un concurrent ins-tallé à proximité.

Cette méditation fut brutalement interrompue par trois coups maçonniques[3] frappés à la porte.

— Qui est là ? s'enquit notre homme.

La porte s'ouvrit et un homme, en qui l'artisan alle-mand était d'abord reconnaissable, entra dans la pièce et vint, l'air avenant, vers le marchand de cercueils.

— Excusez-moi, cher voisin, dit-il avec cet accent[4] que nous ne pouvons, aujourd'hui encore, entendre sans rire, excusez-moi de vous déranger... J'ai tenu à faire votre connaissance sans tarder. Je suis cordonnier de mon état, mon nom est Gottlieb Schultz, je demeure de l'autre côté de la rue, dans cette petite maison qui fait face à vos fenêtres. Je célèbre demain mes noces d'argent et je vous prie, vous et vos filles, de venir déjeuner sans cérémonie.

---

1. « Brigadier » signifie, comme dans l'ancienne France, « géné-ral de brigade ». Bon client pour le croque-mort. 2. L'ancien quartier d'Adrian. Voir note 3, p. 119. 3. La franc-maçonnerie s'est répandue en Russie au cours du XVIIIe siècle, dans les milieux éclairés. Le bon peuple se méfiait de ses rituels mystérieux et de ses signes ésotériques. Le mot *farmazon*, déformation de « franc-maçon », désigne un personnage excentrique et un peu inquiétant (voir *Eugène Onéguine*, chapitre II, strophe 5). L'usage de l'adjec-tif « maçonnique » est ici à coup sûr ironique. 4. Il est à noter que Pouchkine, contrairement à Balzac, à Dostoïevski et à beau-coup d'autres, ne se livre à aucune contorsion orthographique pour essayer de rendre cet « accent ».

L'invitation fut acceptée avec bienveillance. Le marchand de cercueils pria le cordonnier de s'asseoir, lui offrit une tasse de thé et, le naturel communicatif de Gottlieb aidant, la conversation prit un tour amical.

— Comment vont les affaires, cher ami ? s'enquit Adrian.

— Hé, hé ! répondit Schultz, comme ci comme ça. Je n'ai pas à me plaindre. Encore que ma marchandise ne soit évidemment pas la vôtre : le vivant peut se passer de bottes, alors que le mort ne vit pas sans cercueil.

— C'est bien vrai, rétorqua Adrian, si le vivant n'a pas de quoi se payer des bottes, il va pieds nus, soit dit sans vous offenser, tandis que le mort, même misérable, acquiert un cercueil, en payant ou non.

L'entretien se poursuivit de la sorte un certain temps ; enfin, le cordonnier se leva et prit congé non sans avoir renouvelé son invitation au marchand de cercueils.

Le lendemain, à midi précis, celui-ci quittait sa maison nouvellement acquise et se rendait chez son voisin. Je n'entends pas décrire le cafetan à la russe d'Adrian Prokhorov, non plus que les atours européens d'Akoulina et de Daria, dérogeant ainsi aux usages des romanciers d'aujourd'hui [1]. Je ne crois pas superflu, toutefois, de préciser que les deux demoiselles avaient mis des chapeaux jaunes et des souliers rouges, ce qui ne leur arrivait que dans les occasions solennelles. Le logement exigu du cordonnier était rempli d'invités, artisans allemands pour la plupart, accompagnés de leurs épouses et de leurs apprentis. En fait de Russes, il n'y avait guère que le factionnaire Yourko [2], originaire du Nord, qui avait gagné, en dépit de la modestie de son

---

1. Qui sont les romanciers visés ? Il n'est pas facile de le savoir. En tout cas le parti pris de sobriété est nettement exprimé. **2.** Yourko remplit des fonctions de surveillance ; c'est une manière de sergent de ville, qui, le plus souvent, monte la garde devant une guérite, armé d'une hallebarde ou pertuisane.

rang, la bienveillance du maître de céans. Il s'était consciencieusement acquitté de ses fonctions, tout comme le facteur de Pogorelski[1] : l'incendie qui avait détruit l'ancienne capitale en 1812 n'avait pas épargné sa guérite jaune. Mais aussitôt chassé l'envahisseur, elle avait été remplacée par une neuve, de couleur grise, agrémentée de colonnes blanches de style dorique[2], et Yourko faisait derechef les cent pas, la pertuisane au poing et cuirassé de bure[3]. Il était connu de la plupart des Allemands domiciliés dans le quartier de la porte Nikitskaïa : il lui était arrivé d'en héberger certains dans la nuit du dimanche au lundi.

Adrian ne tarda pas à prendre langue avec lui, s'agissant d'une relation qui pouvait s'avérer utile un jour ou l'autre. Aussi bien, lorsque l'on passa à table, le choisit-il pour voisin. M. et Mme Schultz, et leur fille Lottchen[4], âgée de dix-sept printemps, s'empressaient auprès de leurs hôtes et aidaient la cuisinière à faire le service. La bière coulait en abondance. Yourko buvait pour quatre et Adrian lui tenait tête ; ses filles faisaient les mijaurées ; la conversation en allemand devenait d'heure en heure plus bruyante. Soudain l'amphitryon demanda le silence, déboucha une bouteille cachetée et s'écria en russe :

— À la santé de ma bonne Louise !

Le mousseux pétilla. Le maître de maison déposa un tendre baiser sur le frais minois de son épouse quadragénaire et l'assistance but bruyamment à la santé de la bonne Louise.

— À la santé de mes aimables invités ! proclama

---

1. Pogorelski est le pseudonyme d'un romancier alors connu, A. Perovski (1787-1836). La nouvelle où figure le facteur évoqué par Pouchkine date de 1825.   **2.** L'architecture, même celle des guérites, est encore toute néo-classique.   **3.** « La pertuisane au poing et cuirassé de bure » : cet alexandrin traduit un vers du poète Alexandre Efimovitch Izmaïlov (1779-1831), connu pour ses fables et ses satires.   **4.** Lottchen est un diminutif de Charlotte. Ce prénom suffit à évoquer l'Allemagne sentimentale et le roman de Goethe, *Les Souffrances du jeune Werther*, qui en est le symbole.

l'hôte en débouchant une seconde bouteille ; les invités le remercièrent et vidèrent une nouvelle fois leurs verres.

Dès lors, les toasts se succédèrent : on but à la santé de chacun en particulier, à la santé de Moscou et d'une bonne douzaine de petites villes d'Allemagne, à la santé de toutes les corporations en général et de chacune en particulier, à la santé des artisans et des apprentis. Adrian buvait avec zèle et devint gai au point de proposer un toast cocasse. Soudain, l'un des invités, un gros boulanger, leva son verre en s'exclamant :

— À la santé de ceux pour qui nous travaillons, *unserer Kundleute*[1] !

Comme toutes les autres, cette proposition fut accueillie avec une joyeuse unanimité. Les invités se firent de grands saluts, le tailleur au cordonnier, le cordonnier au tailleur, le boulanger à tous les deux, toute l'assistance au boulanger et ainsi de suite. Au milieu de ces courbettes, Yourko cria à son voisin de table : « Eh bien, mon ami, qu'attends-tu pour boire à la santé de tes trépassés ? »

Un éclat de rire général lui répondit, mais le marchand de cercueils, vexé, se renfrogna. Personne ne s'en avisa, les invités buvaient de plus belle et ne se levèrent de table que lorsqu'on sonna les vêpres.

Ils se séparèrent à une heure tardive, éméchés pour la plupart. Le gros boulanger et le relieur, dont le visage semblait relié de chagrin rouge, avaient pris Yourko sous les bras pour le reconduire à sa guérite, obéissant en cela au proverbe qui dit qu'un bienfait n'est jamais perdu. Le marchand de cercueils rentra chez lui ivre et fâché.

— Ils me la baillent belle, grommelait-il. En quoi mon métier serait-il moins honnête que les autres ? Le marchand de cercueils serait-il le compère du bour-

---

1. « De nos clients », en allemand dans le texte.

reau ? De quoi se moquent-ils, ces mécréants[1] ? Comme si le marchand de cercueils était un carême-prenant[2] ! Et moi qui voulais les régaler et pendre la crémaillère ! Plus souvent ! Je vais plutôt convier mes clients, défunts mais bons orthodoxes !

— Qu'est-ce que tu dis là, petit père ? répliqua la servante qui lui tirait ses bottes. Tu déraisonnes ! Fais le signe de la croix[3] ! Inviter des trépassés à pendre la crémaillère ! A-t-on idée ?

— Ma foi, si, s'obstina Adrian. Et pas plus tard que demain. Mes chers bienfaiteurs, faites-moi l'honneur de festoyer chez moi, à la fortune du pot[4], s'entend.

Sur ces belles paroles, le marchand de cercueils gagna son lit et ronfla aussitôt.

Il faisait encore nuit lorsqu'on réveilla Adrian. La marchande Trukhina était décédée dans la nuit et un envoyé de son premier commis venait d'apporter la nouvelle. Le marchand de cercueils le gratifia d'une pièce de dix kopeks, s'habilla en toute hâte, héla un fiacre et se rendit à Razgouliaï. La police était déjà sur les lieux et des fournisseurs rôdaient, tels des corbeaux attirés par l'odeur du cadavre. La défunte était couchée sur une table, le teint cireux, non encore défigurée par la corruption. Parents, voisins et domestiques entouraient la dépouille. Les fenêtres avaient été ouvertes,

---

1. Le mot « mécréants » ne se comprend que par référence au mot « orthodoxes ». Les Allemands sont luthériens et les Russes s'en méfient pour cette raison. Quant au mot qui est traduit à juste titre par « mécréant », *boussourman*, c'est une déformation populaire du mot « musulman ». Mais Adrian, selon toute vraisemblance, ne le sait pas. Il met dans le même sac tous ceux qui n'appartiennent pas à l'Église russe.   2. Le « carême-prenant » du français s'est déguisé pour le carnaval. Le mot russe évoque les fêtes de fin d'année, entre Noël et l'Épiphanie. Ces fêtes donnent lieu à mascarades, en Russie comme ailleurs.   3. Le geste est à la fois religieux et magique. Adrian devrait se signer pour montrer qu'il se repent de sa parole impie, et pour écarter le mauvais sort.   4. L'expression russe, intraduisible, ajoute à l'impiété. Littéralement elle signifie « avec ce que Dieu a envoyé ».

des cierges brûlaient, les prêtres disaient des prières. Adrian aborda le neveu de Trukhina, un jeune marchand vêtu à la dernière mode, pour lui annoncer que la bière, les cierges, le poêle[1] et autres accessoires funéraires lui seraient livrés sans retard.

L'héritier le remercia distraitement, ajoutant qu'il n'entendait pas marchander et s'en remettait à sa bonne foi. À son accoutumée, le croque-mort jura ses grands dieux que ses prix seraient au plus juste, échangea un regard entendu avec le commis et s'en alla prendre ses dispositions. Il passa la journée à courir de Razgouliaï à la porte Nikitskaïa et retour ; le soir venu, ayant tout arrangé, il renvoya son fiacre et rentra chez lui à pied. La nuit était baignée de lune. Le marchand de cercueils arriva sans encombre à la porte Nikitskaïa.

Comme il passait devant l'église de l'Ascension, notre ami Yourko l'interpella et, l'ayant reconnu, lui souhaita bonne nuit. Il approchait de son logis lorsqu'il lui sembla que quelqu'un ouvrait son portillon et entrait. « Qu'est-ce que cela peut être ? se demanda Adrian. Qui pourrait bien avoir affaire à moi ? Et si c'était un voleur ? Ou des galants rendant visite à mes péronnelles ? Sait-on jamais ! »

Et le marchand de cercueils songea à appeler son ami Yourko à la rescousse. Au même instant, un nouveau personnage s'approcha du portillon ; il allait entrer, mais à la vue du maître de maison qui accourait, il se ravisa et ôta son tricorne. Adrian crut reconnaître son visage, mais dans sa hâte il ne put s'en assurer.

— Vous venez me voir, dit-il, tout essoufflé, donnez-vous donc la peine d'entrer.

— Sans façons, mon bon ami, répliqua l'autre d'une voix assourdie ; passe devant, montre le chemin à tes invités !

Adrian n'avait guère le loisir de faire des cérémonies. Le portillon était ouvert ; il marcha vers l'escalier,

---

1. « Drap dont on couvre le cercueil pendant les cérémonies funèbres » (Littré).

l'autre lui emboîtant le pas. Il semblait à Adrian que des pas résonnaient dans sa demeure. « Qui diable... » se dit-il en entrant précipitamment. Mais là, le sol lui parut se dérober sous lui. La pièce était pleine de trépassés. À travers les vitres la lune éclairait des visages jaunis et bleuis, des bouches affaissées, des yeux troubles mi-clos, des nez aiguisés.

Épouvanté, Adrian reconnut les personnes ensevelies par ses soins et, dans l'invité entré avec lui, le brigadier porté en terre sous une pluie battante. Dames et messieurs, tous entouraient le croque-mort avec force courbettes et salutations, à l'exception d'un pauvre hère, enterré gratis tout récemment et qui, honteux de ses guenilles, se tenait humblement à l'écart. Tous les autres étaient mis avec décence : les défuntes avec leur bonnet à rubans, les fonctionnaires en uniforme mais la barbe négligée, les marchands dans leur cafetan du dimanche. Le brigadier prit la parole au nom de l'assistance : « Vois-tu, Prokhorov, nous nous sommes tous levés à ton invitation ; seuls sont restés chez eux ceux qui sont trop mal en point, disloqués, sans même la peau sur les os ; encore y en a-t-il un qui n'y a pas tenu, tellement il avait envie de te voir... » Au même moment, un petit squelette fendit la foule et s'approcha d'Adrian. Son crâne souriait agréablement au marchand de cercueils. Des lambeaux de drap et de toile effilochée, vert pomme et rouge, pendaient sur lui, ici et là, comme sur une tringle, et les os de ses jambes branlaient dans ses vastes bottes comme des pilons dans des mortiers.

— Tu ne me reconnais pas, Prokhorov ? dit le squelette. Tu ne te souviens pas de Piotr Petrovitch Kourilkine, le sergent de la garde [1] pour qui tu as fabriqué en 1799 ton premier cercueil — soit dit en passant —, un cercueil de pin que tu as vendu pour du chêne ?

Sur ces mots, le squelette lui ouvrit les bras, mais Adrian, en un ultime sursaut, hurla et le repoussa. Piotr

---

1. Voir note 2, p. 31.

Petrovitch trébucha, tomba et s'éparpilla. Un murmure
d'indignation monta parmi les trépassés ; ils prirent fait
et cause pour leur camarade, assaillirent Adrian d'in-
jures et de menaces, si bien que le malheureux,
assourdi par leurs clameurs, quasiment étouffé, inter-
loqué, s'écroula sur les ossements de l'ancien sergent
de la garde et perdit connaissance.

Depuis longtemps déjà le soleil éclairait le lit où
gisait le marchand de cercueils. Ouvrant enfin les yeux,
il aperçut la servante qui faisait chauffer le samovar.

Adrian se remémora avec horreur tous les événements de la veille. Trukhina, le brigadier et le sergent
Kourilkine lui revinrent confusément à l'esprit. Il
attendit en silence que la servante engage la conversation et lui découvre les conséquences des événements
de la nuit.

— On peut dire que tu as bien dormi, Adrian Prokhorovitch[1], petit père, dit Axinia en lui passant sa
robe de chambre. Ton voisin le tailleur est passé et
aussi le factionnaire, pour annoncer la fête d'aujour-
d'hui, mais comme tu dormais, nous n'avons pas voulu
te déranger.

— N'est-on pas venu à propos de la défunte Trukhina ?

— Défunte ? Elle est donc morte ?

— Tête de mule ! Tu m'as pourtant aidé hier à
arranger les funérailles.

— Allons bon, petit père ! Tu n'as plus ta tête, à
moins que tu n'aies pas encore cuvé ton vin. Il était
bien question de funérailles ! Tu as fait la fête toute la
journée chez l'Allemand, tu es rentré fin soûl, tu t'es
fourré au lit et tu te réveilles à peine, alors que l'on a
déjà sonné la grand-messe.

---

1. La servante transforme « Prokhorov » en « Prokhorovitch »,
patronyme pour personnes de qualité. Elle fait ainsi honneur à
Adrian, ce qui ne l'empêche pas de lui dire qu'il s'est soûlé.
Pareille remarque n'avait rien d'insultant dans la Russie patriarcale.

— Pas possible ! s'exclama le marchand de cercueils, ravi.

— C'est comme je te le dis.

— Dans ce cas, sers-moi bien vite mon thé et fais venir mes filles.

LE MAÎTRE DE POSTE

Dostoïevski aurait dit : « Nous sommes tous sortis du Manteau *de Gogol. » On répète à l'envi cette phrase, sur la foi d'un seul témoignage. On veut signifier par là que le héros de cette nouvelle doit passer pour le premier de tous les « humiliés et offensés » que la littérature russe a plaints pendant des décennies, et que certaine critique lui a donné pour mission de continuer à plaindre.*

La critique occidentale a suivi ce chemin, repris sur tous les tons le mot de « pitié », celui de « compassion », fait des grands romanciers russes des réalistes, certes, voire des naturalistes, mais sensibles, mais émus, mais attentifs au malheur des victimes.

Pour faire l'histoire du motif, il faudrait remonter plus loin que Gogol, qui ne s'en serait sans doute pas offusqué. Le mot sostradanié — qu'on traduira par « compassion », ou par « commisération » — apparaît dans le prologue du Maître de poste. *Le narrateur invite ses lecteurs à surmonter leurs réactions de colère. Non, les maîtres de poste ne sont pas des êtres inhumains. Ils ont leurs souffrances, eux aussi.*

Le narrateur est fonctionnaire. Le maître de poste ne l'est pas moins. Dans la hiérarchie extrêmement rigide qui assigne un « rang » à tous les serviteurs de l'État, civils, militaires ou ecclésiastiques, le maître de poste figure tout en bas, dans la quatorzième classe, celle des « registrateurs de collège ». C'est sur ce titre baroque que joue le poète Viazemski, ami de Pouchkine, quand il fait rimer registrator *et* diktator.

Le narrateur connaît ces vers, qui figurent en épigraphe du récit. Il s'élève contre les effets regrettables d'une rime.

Pour sa part, il est conseiller titulaire. Ce « rang » n'est pas des plus brillants. C'est seulement le neuvième. Dans l'armée, c'est celui d'un capitaine, officier subalterne. Il ne donne pas la noblesse. Le héros du Manteau *de Gogol, parangon du petit fonctionnaire, est justement conseiller titulaire.*

L'excellent A.G.N. n'est donc pas l'un de ces généraux qui ont le verbe haut et l'insulte facile. Il garde même ses distances quand apparaît « un quelconque fonctionnaire de la sixième classe en service commandé ». La sixième classe est celle où l'on place les colonels.

Quand on y prend garde, on s'aperçoit que le beau Minski, qui enlève la belle Dounia, est capitaine, qu'il a donc le même rang que le narrateur. Il n'en lève pas moins sa cravache comme s'il était conseiller d'État. Il a probablement plus d'argent.

Quand on y prend garde, on s'aperçoit que le narrateur, comme tant d'autres, a fait plus qu'un doigt de cour à la petite Dounia. Aurait-il été capable de l'enlever ? À aucun moment il ne porte de jugement sur ce qui s'est passé. Il se contente de dire que cette histoire l'a « touché ».

La compassion n'interdit ni la curiosité ni la lucidité. Pour entendre parler de Dounia, le narrateur fait boire son ami le maître de poste ; et il ne se cache pas que, si l'autre pleure en racontant sa triste histoire, c'est « en partie » parce qu'il a largement fait honneur au punch. Les larmes du malheureux n'ont pas moins « ému » son auditeur, qui le dit, mais se garde bien de développer.

Tout l'art consiste à ne jamais laisser les pleurs se mêler au discours. Le récit du maître de poste, « entrecoupé de larmes », est presque entièrement transcrit à la troisième personne. Le héros ne parle en son propre nom que pendant deux paragraphes, celui qui se ter-

*mine par : « S'il est dit que le malheur doit arriver,
rien n'y fait, même le bon Dieu... » ; et celui que couronne la terrible malédiction : « Je ne peux m'empêcher de souhaiter sa mort, même si c'est péché... »*

Tout le reste est impersonnel. Certes, les choses sont
vues par les yeux du maître de poste, qui ne s'aperçoit
pas, sur le moment, que le hussard le leurre, que le
médecin est complice, qui ne connaît à Pétersbourg ni
l'adresse de sa fille ni celle du suborneur. Mais le récit
ne laisse place à aucun commentaire, à aucun élément
rétrospectif. Autant que faire se peut, on doit oublier
qui raconte.

Le dénouement est simple : l'homme s'est laissé
mourir de chagrin. Mais on ne le dit pas. Les dernières
informations sont données dans un dialogue. Le narrateur se montre aussi discret que possible. Il pose des
questions. Tout au plus note-t-il qu'il a posé l'une
d'entre elles « avec curiosité ». C'est qu'on lui avait
parlé, sans la nommer, de la belle Dounia. Tout au
plus dit-il que le cimetière est « désolé », plus « triste »
que tout autre.

On reçoit des informations. On donne, en échange,
de l'argent ; la belle dame « a posé des questions au
sujet du maître de poste ». Traduisez : Dounia a appris
que son père était mort. Pour cette information, elle
donne cinq kopeks, cinq kopeks en argent, il est vrai.

Le narrateur donne lui aussi cinq kopeks. Le détour
qu'il a fait, pour satisfaire sa curiosité, lui a coûté sept
roubles, ce qui n'est pas rien. Il ne les regrette pas.

Pour s'assurer la complicité du médecin, le hussard
avait déboursé vingt-cinq roubles ; plus tard, quand il
avait reçu la visite du maître de poste, il lui avait
fourré dans la manche « quelques billets fripés de cinq
et de dix roubles ». Pour le dédommager ; pour s'en
débarrasser. Pour lui payer le prix de la fille qu'il lui
a prise.

Un récit s'échange-t-il contre de l'argent ? Il est
étrange que celui-ci soit double. Avant qu'on ne
raconte l'histoire de la fille qui se laisse emmener à la

*ville en abandonnant son père, on a vu, sur de pieuses
gravures allemandes, l'histoire du jeune homme qui
s'en va à la ville, en prenant d'avance sa part d'héritage et en abandonnant son père. Mais dans le récit
évangélique, le jeune homme revient ; il a connu la
misère. Il sait qu'est infinie la bonté de son père. Il
sait qu'il sera pardonné, réintégré. Dans le récit du
conseiller titulaire A.G.N., la jeune fille ne connaît pas
la misère ; elle revient, mais trop tard : son père n'est
plus, son père qui l'a maudite, qui a souhaité sa mort.
Et le hussard a peut-être raison de dire qu'elle ne
pourra pas revenir, qu'elle « a désappris son ancienne
condition ».*

*Elle n'est plus, pour ainsi dire, du même « rang »
que son père.*

J.-L. B.

Insupportable despote
C'est lui le maître de poste.

Prince Viazemski[1].

Qui n'a maudit les maîtres de poste, qui ne s'est querellé avec eux ? Qui, en un moment de colère, n'a exigé d'eux le registre fatidique pour récriminer, inutilement, contre leurs brimades, leur grossièreté et leur incompétence ? Qui ne voit en eux des ennemis du genre humain, à l'instar des recors d'autrefois ou des brigands de la forêt de Mourom[2] ?

Soyons justes pourtant, essayons de nous imaginer à leur place et peut-être les jugerons-nous avec plus d'indulgence. Qu'est-ce en effet qu'un maître de poste ? Un authentique martyr de la quatorzième classe[3], que son grade ne protège que des coups — et encore, pas toujours (j'en appelle à la bonne foi de mes lecteurs). Quelle est la fonction de ce despote, comme le désigne plaisamment le prince Viazemski ? N'est-ce pas véritablement le bagne ? Il n'a la paix ni de jour ni de nuit. Toute la bile accumulée au long d'un ennuyeux trajet, le voyageur la déverse sur le maître de poste. Le temps est détestable, la route défoncée, le postillon buté, les chevaux poussifs — la faute en est

---

1. Le prince Viazemski (1792-1878), poète estimé, est un ami proche de Pouchkine. **2.** Mourom, ville située à 300 km à l'est de Moscou. Sa forêt est l'équivalent de notre forêt de Bondy. On se demande pourquoi, dans *La Demoiselle paysanne*, le père de l'héroïne s'appelle « Mouromski ». **3.** Voir sur ce point la notice, p. 132.

au maître de poste. Quand il pénètre dans son pauvre logis, le voyageur le toise en ennemi ; encore heureux s'il réussit à se débarrasser promptement de l'intrus ; mais si les chevaux manquent ? Seigneur ! Que d'imprécations, que de menaces pleuvent sur lui ! Qu'il pleuve ou qu'il vente, il doit courir les écuries ; quand la tempête glaciale de l'hiver est déchaînée, il sort sous son auvent pour échapper un bref instant aux invectives et aux coups d'un hôte exaspéré. Qu'un général se présente, et le malheureux, tremblant, lui cède ses deux dernières troïkas, dont celle réservée aux courriers du gouvernement. Le général s'en va, sans un mot de remerciement. Cinq minutes plus tard — les grelots ! et un courrier lui jette sur son bureau sa feuille de route ! Songeons bien à tout cela, et dans notre cœur l'indignation fera place à une sincère commisération. Quelques mots encore : vingt années d'affilée, j'ai sillonné la Russie dans tous les sens ; toutes les grand-routes ou presque me sont familières ; j'ai pratiqué plusieurs générations de postillons ; rare est le maître de poste que je n'aie pas connu ; j'espère publier sous peu la curieuse somme de mes notes de voyage ; d'ici là, je dirai seulement que la corporation des maîtres de poste apparaît à l'opinion publique sous le jour le plus faux. D'une façon générale, ces fonctionnaires si décriés sont des gens paisibles, serviables par nature, d'un abord facile, peu avides d'honneurs et modérément intéressés. Bien des choses curieuses et édifiantes peuvent être puisées dans leur conversation (que messieurs les voyageurs ont tort de dédaigner). J'avoue qu'en ce qui me concerne je préfère leur conversation aux discours d'un quelconque fonctionnaire de la sixième classe en service commandé !

On imagine sans peine que je compte des amis dans l'honorable corporation des maîtres de poste. De fait, le souvenir de l'un d'entre eux m'est particulièrement cher.

Le hasard nous a jadis rapprochés et c'est de lui que je voudrais maintenant entretenir mes aimables lecteurs[1]. Au mois de mai 1816, j'ai eu à traverser le gouvernement[2] de *** par une route aujourd'hui désaffectée. Mon grade modeste ne me donnait droit qu'à un attelage de deux chevaux. Par suite de quoi, les maîtres de poste ne me témoignaient que peu d'égards, si bien que je devais souvent m'emparer de haute lutte de ce qui, pensais-je, me revenait de droit.

Jeune encore et d'un naturel emporté, je vitupérais la bassesse et la couardise du maître de poste lorsque celui-ci attribuait à un *barine* de haut rang les chevaux qui m'étaient destinés. Je mis tout aussi longtemps à m'accoutumer de voir un laquais insolent passer les plats à la table d'un gouverneur de province en me négligeant.

Aujourd'hui, ceci et cela me semblent dans l'ordre des choses. Au demeurant, qu'adviendrait-il de nous si, au lieu de la règle universelle : *respect au galon*, nous en adoptions une autre : *respect à l'esprit*, par exemple ? Que de disputes en perspective ! Et quel embarras pour les laquais ! Mais je reviens à mon récit.

La journée était chaude. À trois verstes du relais de *** les premières gouttes tombèrent et l'instant d'après, sous la pluie torrentielle, je n'avais plus un fil de sec. Arrivé au relais, mon premier souci fut de me changer, le second de réclamer du thé.

— Hé, Dounia[3], cria le maître de poste, mets le samovar en route et va chercher de la crème.

À ces mots, une fillette d'environ quatorze ans apparut et sortit en courant. Sa beauté me frappa.

— C'est ta fille ? demandai-je au préposé.

— Parfaitement, monsieur, acquiesça-t-il sur le ton

---

1. Ivan Petrovitch Belkine s'est parfaitement identifié au conseiller titulaire A.G.N. qui est supposé lui avoir raconté l'histoire.   2. Le mot russe *goubernia* peut se traduire par « gouvernement » comme par « province ». Il désigne une division administrative, confiée à un « gouverneur » — en russe *goubernator*.   3. Dounia est le diminutif d'Avdotia, forme courante d'Evdoksia, en français Eudoxie.

de la vanité satisfaite. Elle a bien de l'esprit et c'est une fille diligente, tout le portrait de sa défunte mère.

Là-dessus, il se mit en devoir d'enregistrer ma feuille de route, et moi d'examiner les gravures qui ornaient son modeste mais agréable logis. Y figurait l'histoire du fils prodigue [1] : sur la première, un vénérable vieillard en bonnet de nuit et robe de chambre faisait ses adieux au jeune homme aventureux qui recueillait avec quelque précipitation sa bénédiction et une bourse pleine. Une autre représentait avec vivacité la vie de débauche du jeune homme, festoyant, entouré de faux amis et de femmes de mauvaise vie. Puis le jeune homme aux abois, en haillons et tricorne, gardant les cochons dont il partageait la pitance ; ses traits révélaient une profonde affliction et le repentir. Enfin, c'était le retour chez son père : le bon vieillard, toujours en bonnet de nuit et robe de chambre, accourait à sa rencontre ; le fils prodigue était agenouillé ; dans la perspective, on voyait un cuisinier tuer le veau gras, et le frère aîné questionner les serviteurs sur les motifs de cette allégresse. Chaque gravure était nantie d'une légende en vers allemands, ma foi honorables. Tout cela m'est resté dans la mémoire, de même que les balsamines en pots, le lit à rideaux bariolés et d'autres objets qui m'environnaient alors. Je revois l'homme lui-même, quinquagénaire, le teint frais, l'air fringant, et son habit vert à basques avec trois médailles au bout de leurs rubans décolorés.

À peine avais-je réglé le postillon qui m'avait amené que Dounia apporta le samovar. Un regard avait suffi à la petite coquette pour remarquer l'impression qu'elle

---

1. La parabole du fils prodigue ou histoire du fils perdu se lit dans l'évangile de saint Luc, au chapitre 15. Les gravures allemandes en reproduisent fidèlement les épisodes, mais modernisent les costumes : robe de chambre, tricorne. — Toute la description est pleine de mots venus du slavon, langue proche du russe, dans laquelle est lu l'Évangile. La traduction française ne peut pas rendre cet effet.

me faisait ; elle baissa ses grands yeux bleus ; je lui parlai, elle me répondit sans timidité, comme une jeune personne qui connaît son monde. J'offris à son père un verre de punch, à elle une tasse de thé ; nous causâmes comme des amis de toujours.

Les chevaux étaient depuis longtemps attelés, mais je répugnais à quitter le maître de poste et sa fille. Je pris enfin congé ; le père me souhaita bon voyage et la fille m'accompagna jusqu'à la carriole. Dans l'entrée, je m'arrêtai et lui demandai la permission de l'embrasser ; Dounia accepta... Je peux dénombrer bien des baisers, depuis que ces choses-là m'occupent, mais aucun ne m'a laissé un souvenir aussi durable, aussi plaisant.

Quelques années passèrent et les circonstances me ramenèrent sur la même route, dans les mêmes lieux. Me souvenant de la fille du vieux maître de poste, je me réjouis à l'idée de la revoir. Seulement, me dis-je, il se peut que le vieux maître de poste ait été remplacé ; Dounia est sans doute mariée.

L'idée que celle-ci ou celui-là pourraient être morts me traversa l'esprit, et c'est avec un sombre pressentiment [1] que j'abordai le relais de ***. Les chevaux s'arrêtèrent devant la petite bâtisse. Aussitôt entré, je reconnus les gravures relatant l'histoire du fils prodigue ; la table et le lit étaient à leurs places ; mais il n'y avait plus de fleurs sur le rebord des fenêtres et tout respirait la vétusté et l'abandon.

Le maître de poste dormait sous une touloupe [2] ; mon arrivée le réveilla, il se leva... C'était bel et bien Samson Vyrine ; mais comme il avait vieilli ! Tandis qu'il s'apprêtait à enregistrer ma feuille de route, je contemplai ses cheveux blancs, les rides qui creusaient son visage mangé d'une barbe de plusieurs jours, son dos voûté — sans concevoir comment trois ou quatre

---

1. On note que la mention d'un pressentiment ne donne lieu ici à aucune de ces hyperboles ironiques qu'on rencontre dans *La Tempête de neige*.   2. Pelisse.

années avaient pu transformer cet homme encore gaillard en vieillard chétif.

— Me reconnais-tu ? lui demandai-je. Nous sommes de vieilles connaissances.

— Cela se peut, répondit-il sans aménité. C'est une grande route ici ; je vois passer beaucoup de voyageurs.

— Ta Dounia va-t-elle bien ? poursuivis-je.

Le vieil homme se rembrunit.

— Je n'en sais trop rien, répondit-il.

— Elle est donc mariée ?

Le vieillard fit mine de n'avoir pas entendu ma question et continua à lire à mi-voix ma feuille de route. Je mis un terme à mes questions et demandai du thé.

Ma curiosité était vive et j'espérais bien que le punch délierait la langue du vieil homme.

Je ne me trompais pas ; il ne refusa pas le verre que je lui offris. Je m'avisai que le rhum dissipait sa morosité. Un second verre le rendit loquace ; il se souvint ou feignit de se souvenir de moi, et j'appris de sa bouche une histoire qui, à l'époque, me toucha beaucoup.

— Vous avez donc connu ma Dounia ? commença-t-il. Tout le monde la connaissait ! Ah ! Dounia, Dounia ! Quelle belle fille c'était ! De tous ceux qui passaient, personne ne manquait de lui tourner un compliment, personne n'avait pour elle un mot de blâme. Les dames lui faisaient des cadeaux, tantôt un mouchoir, tantôt des pendants d'oreilles. Les messieurs faisaient halte exprès, soi-disant pour déjeuner ou dîner, mais en réalité pour la regarder un peu longuement. Il arrivait souvent qu'un barine, même de fort méchante humeur, se calme quand elle était là et me parle avec bienveillance. Vous pouvez me croire, monsieur, des courriers, des officiers en mission lui faisaient la conversation pendant des heures. C'est elle qui tenait la maison, pour le ménage, la cuisine, tout. Et moi, vieille bête, toujours heureux de la voir, toujours à m'attendrir ; je l'adorais, ma Dounia, je la choyais si bien qu'elle n'avait vraiment qu'à se laisser vivre ! Eh bien, non, s'il est dit que le malheur doit arriver, rien n'y fait, pas même le bon Dieu.

Là-dessus, il entreprit de me conter sa triste histoire. Trois ans auparavant, par un soir d'hiver, alors que le maître de poste était en train de régler un registre neuf et que sa fille, dans son cagibi, se confectionnait une robe, une troïka survint et un voyageur entra, coiffé d'une chapka tcherkesse, en redingote d'officier avec un châle par-dessus. Il réclama des chevaux ; il n'y en avait pas de disponibles. À cette nouvelle, le voyageur haussa le ton et brandit sa cravache ; mais Dounia, coutumière de ce genre d'algarades, accourut aussitôt et demanda aimablement au nouveau venu s'il ne désirait pas se restaurer. L'apparition de Dounia produisit son effet habituel. Le courroux du voyageur s'apaisa ; il consentit à attendre et commanda un souper. Il retira sa chapka hirsute et mouillée, défit son châle, ôta sa redingote et se révéla un jeune hussard de belle allure, porteur d'une fine moustache brune. Il prit ses aises et engagea gaiement la conversation avec le maître de poste et sa fille. Le souper fut servi. Sur ces entrefaites, les chevaux arrivèrent et le maître de poste alla ordonner de les atteler, sans même leur donner à manger ; à son retour, il trouva le jeune homme presque sans connaissance, étendu sur la banquette ; il avait eu un malaise, un vertige, et ne pouvait poursuivre sa route... Que faire ? Le maître de poste lui abandonna son lit et il fut convenu que, s'il n'allait pas mieux le lendemain, on enverrait chercher un médecin à S***.

Le lendemain, l'état du hussard avait empiré. Son domestique partit à cheval quérir le médecin de S***. Dounia enveloppa la tête du hussard d'une serviette trempée de vinaigre et s'installa à son chevet avec son ouvrage. En présence du maître de poste, le malade geignait et ne parlait quasiment pas, ce qui ne l'empêcha pas de prendre deux tasses de café et de commander un déjeuner en gémissant. Il demandait à boire à chaque instant et Dounia lui apportait de la limonade préparée par ses soins. Le malade y trempait les lèvres et chaque fois, en rendant le gobelet, exprimait sa gratitude en serrant d'une main affaiblie celle de Dounia. Le médecin arriva à l'heure du déjeuner. Il prit le pouls du malade, s'entretint avec lui en allemand, puis annonça en russe que son état nécessitait un repos complet, que d'ici deux jours à peu près, il pourrait repartir. Le hussard lui remit vingt-cinq roubles pour prix de sa visite et le convia à déjeuner ; le médecin accepta ; tous deux mangèrent de bel appétit, vidèrent une bouteille de vin et se séparèrent fort satisfaits l'un de l'autre.

Le lendemain, le hussard était d'aplomb. Il se montrait fort gai, plaisantait de bonne grâce avec Dounia et le maître de poste ; il sifflotait, faisait la conversation aux voyageurs, enregistrait leurs feuilles de route, et gagna si bien les faveurs du brave maître de poste que celui-ci fut tout marri le surlendemain d'avoir à perdre son aimable pensionnaire.

C'était un dimanche ; Dounia s'apprêtait pour l'office. On avança le traîneau du hussard. Il prit congé du maître de poste, non sans avoir généreusement réglé les frais de vivre et de couvert ; il prit également congé de Dounia et proposa de l'emmener jusqu'à l'église qui se trouvait à l'autre bout du village. Dounia semblait perplexe... « De quoi as-tu peur ? lui dit son père. Sa Noblesse n'est pas un loup, il ne te mangera pas ; ça te fera une promenade jusqu'à l'église. » Dounia prit place dans le traîneau à côté du hussard, le domestique grimpa à l'arrière, le postillon siffla et les chevaux partirent au galop.

Le malheureux maître de poste n'en était pas encore revenu ; comment avait-il pu laisser sa Dounia partir en compagnie du hussard, par quel aveuglement ? Où avait-il la tête, alors ? Une demi-heure ne s'était pas écoulée qu'un mauvais pressentiment l'envahissait et que, saisi d'angoisse, il se rendait à l'office. En approchant de l'église, il vit que les fidèles se dispersaient déjà mais il ne trouva Dounia ni à l'intérieur ni sur le parvis.

Il entra précipitamment ; le prêtre sortait du sanctuaire, le diacre éteignait les cierges, deux petites vieilles faisaient encore leurs dévotions dans un coin, mais Dounia n'était pas là. Le malheureux père se força à demander au diacre si elle avait assisté à l'office. Le diacre répondit que non. Le maître de poste rentra chez lui plus mort que vif. Un espoir lui restait : que Dounia, en jeune écervelée qu'elle était, ait eu envie d'aller en traîneau jusqu'au prochain relais où habitait sa marraine. Torturé d'angoisse, il attendit le retour de la troïka qui l'avait emmenée. Le postillon ne revenait pas. Enfin, à la nuit tombante, il parut, seul et éméché, porteur de la terrible nouvelle : Dounia avait quitté l'autre relais en compagnie du hussard.

Le vieil homme ne supporta pas son malheur ; il dut prendre le lit, celui-là même où, la veille encore, se prélassait le jeune suborneur. En se remémorant les circonstances de l'affaire, il comprit que la maladie du hussard avait été feinte.

Brûlant de fièvre, on le transporta à S*** et un remplaçant vint s'occuper du relais. Il fut soigné par le même médecin qui avait visité le hussard. Il assura le maître de poste que le jeune homme était en parfaite santé, qu'alors déjà il avait percé ses ténébreux desseins, mais qu'il avait gardé le silence par crainte de la cravache.

Que l'Allemand dît vrai ou qu'il ait voulu se piquer de perspicacité, cela ne pouvait guère consoler le pauvre malade. À peine rétabli, le maître de poste sollicita un congé de deux mois et, sans s'ouvrir à quiconque de ses projets, s'en alla à pied en quête de sa fille. La feuille de route lui avait appris que le capitaine Minski se rendait de Smolensk[1] à Pétersbourg. Le pos-

---

1. Smolensk est à environ 600 km au sud de Pétersbourg. L'itinéraire direct ne passe pas très loin de Mikhaïlovskoïe, petit village où Pouchkine a vécu plusieurs années.

tillon lui avait rapporté que Dounia avait pleuré durant
tout le trajet, bien que paraissant partir de son plein
gré. « Si Dieu le veut, se disait le maître de poste, je
ramènerai à la maison ma brebis égarée. » Dans cette
disposition d'esprit, il atteignit Pétersbourg, s'installa
dans les quartiers du régiment d'Izmaïl, chez un vieux
camarade, sous-officier à la retraite, et partit en chasse.
Assez vite, il apprit que le capitaine Minski se trouvait
à Pétersbourg[1], à l'hôtel Demouth. Le maître de poste
résolut d'aller le trouver.

De bon matin, il se présenta à son antichambre et fit
dire à Sa Noblesse qu'un vieux soldat demandait à le
voir. L'ordonnance, qui cirait une botte sur un embau-
choir, répliqua que son maître reposait et qu'il ne recevait pas avant onze heures du matin. Le maître de poste
se retira pour revenir à l'heure dite.

Minski parut en robe de chambre et chéchia[2].

— Que me veux-tu, mon brave ? demanda-t-il.

Le cœur du vieil homme se serra, des larmes jaillirent de ses yeux et il ne put que proférer d'une voix
chevrotante :

— Votre Noblesse !... Pour l'amour du Ciel !...

Minski lui jeta un bref regard, s'empourpra, le saisit
par la main et l'emmena dans un cabinet de travail dont
il ferma la porte à clef.

— Votre Noblesse ! reprit le vieillard, ce qui est fait
est fait ; mais au moins, rendez-moi ma pauvre Dounia.
Vous avez profité d'elle, ne la rendez pas encore plus
malheureuse !

— Il est trop tard maintenant, dit le jeune homme
dont le désarroi était extrême. Je suis coupable envers

----

1. On note que le brave Adrian du *Marchand de cercueils* habite
Moscou, l'ancienne capitale, la ville dont le nom évoque le bon
vieux temps, alors que Minski, le méchant séducteur, s'est installé
à Pétersbourg, la nouvelle capitale, ville artificielle, ville sans cœur,
fondée sur la mer, ou tout au moins sur les marais, par le caprice
d'un tsar, Pierre le Grand.   **2.** Venu du grec moderne, le mot
skoufia de l'original est aussi exotique que notre mot *chéchia*, qui
vient de Tunisie.

toi et je veux bien te demander pardon ; mais ne crois pas que je puisse abandonner Dounia ; elle sera heureuse, je t'en donne ma parole. Que ferais-tu d'elle ? Elle m'aime, elle a désappris son ancienne condition. Ni toi ni elle vous ne pourrez oublier ce qui s'est passé.

Là-dessus, il lui glissa quelque chose dans la manche, ouvrit la porte et le maître de poste se retrouva, hébété, dans la rue. Longtemps, il demeura immobile et remarqua enfin, au revers de sa manche, un rouleau de papiers ; il s'en saisit et déplia quelques billets fripés de cinq et de dix roubles. Les larmes lui revinrent aux yeux, des larmes de colère. Il froissa les billets, les jeta à terre, les écrasa à coups de talon et s'éloigna... Ayant fait quelques pas, il se ravisa, réfléchit, revint en arrière, mais les billets avaient disparu. Un jeune homme correctement vêtu, le voyant approcher, courut à un fiacre, monta dedans en criant : « Va donc[1] ! » Le maître de poste ne le poursuivit pas. Il avait décidé de rentrer chez lui, mais voulait auparavant revoir sa pauvre Dounia ne fût-ce qu'une fois. Il se présenta donc le surlendemain chez Minski, mais l'ordonnance lui signifia brutalement que son maître n'y était pas, le poussa sans ménagement hors de l'antichambre et lui claqua la porte au nez. Le maître de poste resta planté là quelques instants et s'en alla.

Ce soir-là, il longeait l'avenue Liteïny après avoir assisté à l'office à l'église de Toutes les Douleurs[2]. Soudain, dans un traîneau élégant qui passait en coup de vent, il reconnut Minski. Le traîneau s'arrêta devant

---

1. L'intervention de ce jeune homme correctement vêtu ne reçoit aucune explication. Il vole les billets comme le hussard a volé Dounia. Effet de mise en abyme au sens rigoureux du terme : un motif est repris, mais considérablement réduit en proportions.　2. On comprend pourquoi Pouchkine a conduit son personnage à l'église de Toutes les Douleurs, où se trouve une icône de Notre-Dame des Affligés. La référence à l'avenue Liteïny (ou rue des Fondeurs) n'a pas un sens aussi évident. Tout au plus peut-on noter que Minski a logé Dounia dans un quartier central.

une maison de deux étages et le hussard gravit les marches en courant. Une bonne idée traversa l'esprit du maître de poste. Il revint sur ses pas et interrogea le cocher :

— Ce ne serait pas l'équipage de Minski, par hasard ?

— Parfaitement, acquiesça le cocher. Pourquoi ?

— Eh bien, voilà : ton maître m'avait ordonné de porter un billet à sa Dounia, mais il se trouve que j'ai oublié où elle demeure.

— Ici même, au premier. Tu arrives trop tard avec ton billet, il est déjà chez elle.

— Peu importe, rétorqua le maître de poste, en proie à une indicible agitation. Merci du renseignement, je sais ce qui me reste à faire.

Sur ces mots, il monta les marches du perron.

La porte était close ; il sonna, attendit quelques instants, le cœur lourd. Un bruit de clefs... on ouvrit.

— Est-ce ici que demeure Avdotia Samsonovna ? s'enquit-il.

— Oui, répondit une jeune servante, qu'est-ce que tu lui veux ?

Sans répondre, le maître de poste pénétra dans le salon.

— On n'entre pas ! s'écria la servante. Avdotia Samsonovna a du monde !

Mais le maître de poste ne l'écoutait pas et allait de l'avant. Les deux premières pièces étaient obscures, la troisième était éclairée. Il s'approcha de la porte ouverte et s'arrêta. Dans cette pièce, magnifiquement meublée, Minski, pensif, était assis dans un fauteuil. Dounia, vêtue avec tout le luxe de la mode, était juchée sur l'accoudoir de son fauteuil, telle une amazone sur sa selle anglaise. Elle contemplait Minski avec tendresse en enroulant ses boucles noires sur ses doigts étincelants. Pauvre maître de poste ! Jamais sa fille ne lui avait paru aussi belle ; il ne pouvait s'empêcher de l'admirer.

— Qu'est-ce que c'est ? demanda-t-elle sans le regarder.

Il ne dit mot. Dounia leva la tête... et s'écroula sur le tapis en jetant un cri.

Minski, effrayé, se précipita pour la relever, mais avisant le vieux maître de poste dans l'encadrement de la porte, il laissa Dounia et marcha sur lui, tremblant de fureur.

— Qu'est-ce que tu me veux ? dit-il entre ses dents. As-tu fini de me traquer comme un brigand[1] ? Ou alors, tu veux m'assassiner ? Hors d'ici !

Et, saisissant le vieil homme au collet, il le poussa vers l'escalier.

Le vieillard rentra au logis. Son camarade lui conseilla de porter plainte ; mais tout bien réfléchi, le maître de poste décida de renoncer. Deux jours plus tard, il quittait Pétersbourg pour regagner le relais où il reprit ses fonctions.

— Voilà plus de deux ans, conclut-il, que je vis sans Dounia et que je suis sans nouvelles. Est-elle vivante ou morte, Dieu seul le sait. Tout arrive, n'est-ce pas ? Elle n'est pas la première ni la dernière qu'un joli cœur aura séduite puis abandonnée. Elles sont nombreuses à Pétersbourg, les petites sottes, aujourd'hui vêtues de satin et de velours et qui, demain, arpenteront le trottoir avec des gibiers de cabaret. Quand je pense que Dounia, elle aussi, est en train de se perdre, je ne peux m'empêcher de souhaiter sa mort, même si c'est péché...

Tel fut le récit de mon ami, le vieux maître de poste, récit entrecoupé de larmes qu'il essuyait d'un geste pathétique avec la basque de son habit, tel le fidèle

---

1. La phrase française ne peut qu'être ambiguë. En russe il est clair que c'est le maître de poste qui agit « comme un brigand », et non pas Minski qui serait traité comme tel.

Terentitch dans la superbe ballade de Dmitriev[1]. Ces
larmes étaient en partie dues au punch dont il avait
ingurgité cinq verres dans le courant de sa narration ;
quoi qu'il en soit, elles m'avaient profondément ému.
Après l'avoir quitté, je fus longtemps sans pouvoir
oublier le vieux maître de poste, et à me ressouvenir
de la pauvre Dounia.

Plus récemment encore, traversant le bourg de ***,
je me rappelai mon ami ; j'avais appris que le relais
par lui administré n'existait plus[2]. À ma question :
« Le vieux maître de poste vit-il toujours ? » personne
n'apportait de réponse satisfaisante. Je résolus donc de
revoir les lieux familiers, louai des chevaux de fortune
et me rendis au village de N ***.

C'était l'automne. Des nuages d'un gris sale cou-
vraient le ciel ; un vent froid soufflait sur les champs
moissonnés, emportant les feuilles jaunes et rouges qui
accouraient à ma rencontre. Arrivé au village à la tombée du jour, je m'arrêtai devant l'ancien relais. Une
grosse paysanne parut dans l'entrée (où la pauvre Dounia m'avait jadis embrassé). À mes questions elle
répondit que le vieux maître de poste était trépassé
depuis un an déjà, que la maison était occupée par un
brasseur et qu'elle-même était la femme dudit brasseur.
Je regrettais déjà mon voyage inutile et les sept roubles
dépensés pour rien.

— De quoi est-il mort ? demandai-je à l'épouse du
brasseur.

— D'avoir trop bu, mon bon monsieur.

— Et où l'a-t-on enterré ?

---

1. Ivan Ivanovitch Dmitriev (1760-1837), poète en son temps
fort connu pour ses épigrammes, ses fables, ses satires. Le mot
« ballade » (dans le texte russe : *ballada*) désigne, en cette époque
que nous appelons « préromantique », un poème narratif dans le
goût de la tradition populaire. Cette ballade-là n'a rien de commun
avec la forme fixe qui porte le même nom.   2. On a noté, p. 137,
que la route sur laquelle se trouve le relais est « aujourd'hui désaffectée ». Donc le relais a disparu, comme a disparu le maître de
poste.

— À l'extrémité du village, à côté de sa défunte femme.

— Ne pourrait-on me conduire à sa tombe ?

— Bien sûr, monsieur. Hé, Vania, laisse donc ce chat tranquille. Montre à monsieur le chemin du cimetière et la tombe du maître de poste.

À ces mots, un gamin en haillons, roux et borgne, accourut et me conduisit au cimetière.

— As-tu connu le défunt ? lui demandai-je chemin faisant.

— Et comment donc ! C'est lui qui m'a appris à fabriquer des pipeaux. Bien souvent, Dieu ait son âme, on lui courait après quand il rentrait du cabaret. « Grand-père ! Grand-père ! des noisettes ! », et il nous en donnait toujours. Il était tout le temps à s'amuser avec nous.

— Est-ce que les voyageurs se souviennent encore de lui ?

— À l'heure qu'il est, il n'y en a plus guère ; juste le conseiller, de temps en temps, et il a autre chose à faire que s'occuper des morts. Mais cet été, une dame est passée par ici, elle a posé des questions au sujet du maître de poste et elle a visité sa tombe.

— Quel genre de dame ? demandai-je avec curiosité.

— Une bien belle dame ; elle est venue en calèche à six chevaux, avec trois petits messieurs, une nourrice et un roquet noir ; quand elle a su que le maître de poste était mort, elle a pleuré et a dit aux enfants : « Soyez bien sages, je vais passer au cimetière. » Je lui ai proposé de la conduire. Mais la dame a dit : « Je connais le chemin. » Et elle m'a donné une pièce d'argent de cinq kopeks. Une bien gentille dame !

Nous étions arrivés au cimetière, un lieu désolé, sans clôture, planté de croix de bois, sans le moindre arbrisseau. De ma vie, je n'ai vu un cimetière aussi triste.

— Voilà la tombe du maître de poste, me dit le gamin en grimpant sur un tas de sable surmonté d'une croix noire avec une icône de cuivre.

— Et la dame est venue ici ?

— Oui, dit Vania. Je l'ai vue de loin. Elle s'est allongée [1] ici par terre et est restée longtemps. Après, la dame est allée au village, elle a fait venir le pope, elle lui a donné de l'argent et puis elle est repartie, et moi, elle m'a donné une pièce d'argent de cinq kopeks, une bien bonne dame !

Moi aussi j'ai donné cinq kopeks [2] au gamin et je n'ai plus regretté mon voyage ni la dépense de sept roubles.

---

1. À la fois geste religieux : on se prosterne en signe de respect, et geste magique : couché à terre de tout son long, on est plus près du mort.   2. La pièce de cinq kopeks que donne le narrateur est-elle en argent, comme celle de la dame, ou simplement en cuivre ?

LA DEMOISELLE PAYSANNE

Cette fois, les écrans ont disparu de la narration. Tout est transparent. Le lecteur sait toujours à quoi s'en tenir. Seul le héros sera leurré, quelque temps, pour son plus grand bonheur.

Mlle K.I.T. — car c'est elle ; elle revient à la charge — se garde bien d'imiter les réserves du conseiller titulaire A.G.N. D'ailleurs, si elle affirme sa présence par quelques « je » bien sentis, elle ne prétend nullement au statut de personnage. Conteuse elle est, conteuse elle reste.

Tout est transparent, sauf son sujet, dont le titre exprime le mystère. « Demoiselle paysanne » est, comme « bourgeois gentilhomme », une contradiction dans les termes, ce qu'on appelle un oxymore. Une demoiselle appartient évidemment au monde des seigneurs. Le mot russe est d'ailleurs formé sur la même racine que barine, *que la langue française a presque adopté.*

Mais le lecteur n'aura pas à se casser la tête ; le mystère est éclairci à peine apparu. Lisa se déguise en Akoulina. Elle a bien choisi son prénom de guerre ; il sonne aussi campagnard que possible.

Les lecteurs français de cette nouvelle se demandent souvent quelle relation elle entretient avec le célèbre Jeu de l'amour et du hasard, *de Marivaux, où l'on voit une jeune fille de bonne famille échanger ses habits avec sa soubrette, pour recevoir un fiancé qui, de son côté, a revêtu la livrée de son laquais. L'analogie est frappante ; il se peut qu'elle relève du hasard. Le nom* de Marivaux n'apparaît nulle part sous la plume de Pouchkine, qui peut ne l'avoir pas lu. Et les savants ont indiqué déjà plusieurs pièces peu connues, où Marivaux aurait pu trouver son idée, s'il avait été à court d'imagination.

Quoi qu'il en soit, l'analogie ne doit pas faire oublier une différence essentielle. Alexeï, quand il rencontre la fausse Akoulina, essaie de se faire passer pour son valet. Il n'y réussit pas. Le risque qu'a pris la demoiselle en se déguisant est nul à côté de celui que prend Silvia. La Lisa de Pouchkine n'en viendra jamais à dire : « Ah ! je vois clair dans mon cœur. » Elle n'a jamais été confrontée à la moindre obscurité.

Le projet de Lisa n'est pas d'observer sous un masque le fiancé qu'on lui destine. Quand les pères songent à arranger le mariage, elle a déjà rencontré Alexeï ; elle a eu le temps de lui faire perdre la tête, et de la perdre elle-même, quoique avec mesure.

La nouvelle consiste donc à raconter la réalisation progressive d'un projet qui ne peut pas échouer. Chose étrange, c'est la plus longue du recueil, alors qu'elle est pauvre en événements, et dépourvue de tout suspense.

Mais le charme du roman sentimental n'est-il pas de faire attendre ce qui ne peut pas ne pas advenir ? Or Mlle K.I.T. adore les romans. Elle les aime pour leurs détours inutiles. Et elle s'offre le plaisir de conter longuement en jurant ses grands dieux qu'elle n'en fera rien. « Si je n'écoutais que mon inclination naturelle, je ne manquerais point de décrire en détail les rencontres des jeunes gens, leur penchant mutuel et leur confiance grandissante, leurs passe-temps, leurs causeries. »

Comme elle a de l'humour, elle a commencé par raconter tout au long une scène où Lisa interroge sa servante, la supplie d'aller droit au fait, de ne pas se perdre en circonlocutions et détails inutiles. Mais l'autre est impitoyable : elle prétend n'oublier aucune *circonstance. Sans doute écoute-t-elle son « inclination naturelle » pour la narration infinie.*

Mlle K.I.T., au contraire, se méfie de son propre goût pour les détours.

Elle a lu, peut-être, Eugène Onéguine, *la strophe 13 du chapitre III, où le poète déclare qu'il va écrire, au soir de sa vie,*

> *Un roman à l'ancienne mode,*

dont il construit le projet à l'aide d'une longue énumération :

> *jalousies,*
> *Ruptures, raccommodements*
> *Querelle encore...*

Alexeï et Lisa ne prennent pas le temps de se chamailler, de se fâcher, de se réconcilier. Leur amour est sans obstacles. Ils n'ont pas même à craindre que l'inimitié qui règne entre leurs pères s'oppose à leur bonheur. La narration prend soin d'effacer ce vieux malentendu, à l'aide d'un épisode parfaitement vraisemblable et parfaitement conventionnel. Tant pis. Roméo et Juliette sera pour une autre fois.

Comment écrire une nouvelle où il ne se passe presque rien, où le dénouement est évident dès la troisième page, où le destin se comporte en adjuvant perpétuel, où tout tient à une espièglerie ? Comment l'écrire en s'interdisant les descriptions infinies, les tirades interminables, les dialogues qui s'étirent sur vingt pages ?

On dirait une gageure.

J.-L. B.

> *Toujours belle, Psyché, quel que soit ton habit.*

Bogdanovitch[1].

La propriété d'Ivan Petrovitch Berestov était située dans une de nos provinces les plus éloignées. Durant sa jeunesse il avait servi dans la garde, avait abandonné le service au commencement de l'année 1797[2], puis s'était retiré dans ses terres qu'il n'avait plus jamais quittées. Il avait épousé une jeune fille pauvre de la noblesse, qui était morte en couches alors qu'il inspectait son domaine.

L'administration de ses biens le consola vite. Il fit construire une demeure selon ses propres plans, monta une draperie, tripla son revenu et se voulut l'homme le plus intelligent de sa province, ce que se gardaient bien

---

1. Quand Pouchkine, dans ses lettres ou ses articles, parle de I.F. Bogdanovitch (1743-1803), poète en son temps fort apprécié, c'est toujours avec une grande affection. *Douchenka*, titre du poème et nom de l'héroïne, est un diminutif du mot *doucha* qui signifie âme. C'est un petit nom d'amitié, comme dans le français d'autrefois (« ma chère âme » est dans Molière). C'est aussi visiblement une traduction en russe du nom de Psyché, personnage mythologique connu. Il n'est pas inintéressant de comparer la légende de Psyché à l'aventure de la demoiselle paysanne. Il s'agit dans les deux cas d'une histoire de déguisement ; mais les rôles sont répartis différemment. **2.** Berestov fait partie des officiers de la garde qui ont quitté le service pour une raison précise : le tsar Paul Ier, qui a régné de 1796 à 1801, date de son assassinat, prétendait réformer l'armée. Ainsi s'explique, peut-être, la réticence du gentilhomme devant les envies de carrière militaire qui tourmentent son fils.

de contester ses voisins qui venaient volontiers lui rendre visite avec leurs familles et leurs chiens. En semaine, il portait une veste d'alpaga, les jours de fête il endossait une redingote de drap de sa fabrication ; il tenait lui-même ses livres.[1] et ne lisait rien à part les *Nouvelles du Sénat*. D'une façon générale, il était aimé, quoique considéré comme un peu fier. Seul avait maille à partir avec lui Grigori Ivanovitch Mouromski, son voisin le plus proche. Celui-là était un véritable barine russe[2].

Ayant mangé à Moscou une grande part de ses propriétés, devenu veuf, il s'était retiré dans le dernier domaine qui lui restât, où il persévérait dans ses excentricités, mais dans un genre nouveau. Il avait planté un jardin anglais pour lequel il dépensait tout ce qui lui restait de ses revenus ou presque. Ses palefreniers étaient habillés comme des jockeys anglais. Sa fille avait une gouvernante anglaise. Il cultivait ses champs selon une méthode anglaise : mais sur le mode étranger, le blé russe ne pousse guère.

Malgré une notable diminution de ses dépenses, les revenus de Grigori Ivanovitch n'augmentaient pas ; même en vivant à la campagne, il trouvait le moyen de s'endetter encore et encore ; avec tout cela, on le tenait pour un homme intelligent car il avait été le premier des hobereaux de sa province à hypothéquer son domaine ; une affaire de ce genre était considérée à l'époque comme extraordinairement compliquée et audacieuse.

De tous ceux qui le blâmaient, Berestov était le plus sévère. La haine de toute innovation était un trait distinctif de son caractère. Il ne pouvait parler avec séré-

---

1. Les « livres » sont évidemment des livres de compte. La publication hebdomadaire *Nouvelles du Sénat* joue le rôle d'un Journal officiel.   **2.** On note que ce « véritable barine russe » est caractérisé par son anglomanie et par son incapacité à gérer sa fortune sans se ruiner.

nité de l'anglomanie de son voisin et trouvait à chaque instant un prétexte pour l'en critiquer. Qu'il fît visiter à un hôte ses propres domaines, il ne manquait jamais, en réponse aux compliments qu'on lui faisait pour l'excellence de son administration, de dire avec un sourire malicieux : « Ma foi oui, chez moi ce n'est pas comme chez mon voisin Grigori Ivanovitch. Nous ruiner à l'anglaise, grand merci ! Dieu fasse que nous ayons de quoi manger, serait-ce à la russe. » Ces plaisanteries et quelques autres, par les soins des voisins, étaient portées à la connaissance de Grigori Ivanovitch non sans enjolivements et commentaires. L'anglomane supportait la critique avec autant d'impatience que nos journalistes. Il enrageait et traitait son détracteur d'ours et de provincial.

Tel était l'état des relations entre nos deux nobliaux lorsque le fils de Berestov vint lui rendre visite dans sa campagne. Il avait été élevé à l'université de *** et avait l'intention de prendre du service dans l'armée, mais son père n'y consentait point. Or, le jeune homme se sentait parfaitement inapte à un service civil. Ni l'un ni l'autre ne voulait céder et le jeune Alexeï, en attendant, menait une vie de seigneur tout en laissant pousser sa moustache à tout hasard [1].

Alexeï, de fait, était bel homme. Il eût été regrettable que jamais une tunique d'officier ne vienne mettre en valeur sa jolie taille et qu'au lieu de parader sur un cheval il ait passé sa jeunesse penché sur des papiers. En le voyant, à la chasse, galoper toujours le premier sans se soucier du chemin, les voisins s'accordaient à dire qu'on n'en ferait jamais un chef de bureau acceptable.

Les demoiselles lui témoignaient de l'intérêt, quelques-unes même un intérêt assez vif ; mais Alexeï ne s'en souciait guère et elles présumaient qu'une liaison amoureuse était cause de cette insensibilité. On avait même fait circuler la copie de l'adresse inscrite

---

1. La moustache est indispensable pour un officier.

sur l'enveloppe d'une de ses lettres : *Akoulina Petrovna Kourotchkina* [1], *à Moscou, vis-à-vis du Monastère d'Alexeïevo, chez le cuivrier Saveliev, je vous prie instamment de faire parvenir cette lettre à A.N.R.*

Ceux de mes lecteurs qui n'ont jamais vécu à la campagne ne peuvent imaginer le charme des demoiselles de province ! Élevées au grand air, sous les ombrages de leur verger, elles puisent dans les livres leur connaissance du monde et de la vie. La solitude, la liberté et la lecture développent en elles de fort bonne heure des sentiments et des passions ignorés de nos frivoles beautés. Pour ces demoiselles, le bruit d'un grelot [2] est une aventure, un voyage à la ville voisine fait époque et une visite fournit la matière d'un souvenir durable, parfois éternel. Sans doute chacun est libre de railler certaines de leurs bizarreries, mais les moqueries d'un observateur superficiel ne sauraient effacer leurs mérites essentiels dont le premier est la particularité du caractère, l'individualité [3], sans laquelle, estime Jean Paul, il n'est pas de grandeur humaine. Dans les capitales, il se peut que les femmes reçoivent une meilleure éducation ; mais l'habitude du monde

---

1. Akoulina est un nom paysan, que l'héroïne plus tard prendra comme pseudonyme. Akoulina Petrovna Kourotchkina est évidemment une servante, qui sert d'intermédiaire entre Alexeï et la toute mystérieuse A.N.R.   **2.** Le grelot annonce l'arrivée d'une voiture ou d'un traîneau.   **3.** « Individualité » figure en français dans le texte, après le mot russe qui en est l'équivalent et qui était alors perçu comme un néologisme. — Le recours au français montre que Pouchkine a puisé la remarque de Jean-Paul, *i.e.* Johann Paul Friedrich Richter, écrivain allemand (1763-1825), non pas dans l'un de ses romans, mais dans les *Pensées de Jean-Paul extraites de tous ses ouvrages* publiées à Paris en 1829. On lit dans ce recueil : « Respectez l'individualité dans l'homme ; elle est la racine de tout ce qu'il a de bien. » — Le recueil en question a été utilisé par Balzac, par Musset, et par beaucoup d'autres.

émousse bien vite les caractères et rend les âmes aussi semblables entre elles que les coiffures. Cela n'est pas un jugement, encore moins une condamnation, pourtant *nota nostra manet* [1], comme l'écrit un commentateur de l'Antiquité.

On imagine sans peine quelle impression Alexeï devait produire sur nos demoiselles. Il fut le premier à paraître devant elles, sombre et désenchanté, le premier à leur parler des bonheurs perdus et de sa jeunesse évanouie ; de surcroît, il portait une chevalière noire représentant une tête de mort. Tout cela était extrêmement nouveau dans la province dont nous parlons. Les demoiselles étaient folles de lui.

Il accaparait surtout les pensées de la fille de mon anglomane, Lisa (ou Betsy comme avait coutume de l'appeler Grigori Ivanovitch). Les pères ne se fréquentaient pas, elle n'avait encore jamais vu Alexeï, mais toutes ses jeunes voisines ne parlaient que de lui. Elle avait dix-sept ans. Ses yeux noirs animaient un visage au teint mat et fort agréable. Elle était fille unique et donc choyée. Sa vivacité et ses perpétuelles espiègleries faisaient l'émerveillement de son père et le désespoir de sa gouvernante, Miss Jackson, une personne quadragénaire et guindée, qui se mettait du blanc, se noircissait les sourcils, relisait deux fois par an *Paméla* [2], recevait pour tout cela un traitement de deux mille roubles par an et dépérissait d'ennui « dans cette barbare Russie ». Lisa avait pour servante une certaine Nastia, un peu plus âgée qu'elle, mais tout aussi écervelée que sa maîtresse. Lisa l'aimait beaucoup, lui confiait tous ses secrets et ourdissait de concert avec elle ses espiègleries ; en un mot, Nastia était un person-

---

1. « Notre observation demeure », ce qui signifie : « Il reste malgré tout que nous l'avons remarqué. »   **2.** *Paméla* (1741) est un roman de l'illustre Samuel Richardson (1689-1761). C'est l'ancêtre de tous les romans sentimentaux. Il a fait pleurer toute l'Europe, à commencer par Diderot.

nage beaucoup plus important qu'une confidente de tragédie française[1].

— Permettez-moi d'aller aujourd'hui en visite, dit un jour Nastia en aidant sa maîtresse à s'habiller.

— Bien sûr ; où vas-tu donc ?

— À Touguilovo, chez les Berestov. C'est la fête de la femme du cuisinier et, hier, elle est venue nous prier à dîner.

— Par exemple ! dit Lisa. Les maîtres sont brouillés et les serviteurs vont en visite les uns chez les autres.

— Qu'avons-nous à faire des maîtres ! rétorqua Nastia. Et puis, c'est à vous que j'appartiens, pas à votre papa. Vous ne vous êtes pas encore querellée avec le jeune Berestov ; quant aux vieux, ils n'ont qu'à se disputer si ça leur chante.

— Tâche donc, Nastia, de voir Alexeï Berestov ; et tu me raconteras par le menu la mine qu'il a et quel homme c'est.

Nastia promit tout ce qu'on voulut et Lisa attendit son retour avec impatience. Dans la soirée, Nastia se présenta.

— Eh bien, voilà, Lizaveta Grigorievna, dit-elle en entrant dans la chambre, je l'ai vu, le jeune Berestov ; je l'ai vu autant qu'on peut le voir ; nous avons passé toute la journée ensemble.

— Comment cela ? Raconte, raconte-moi tout.

— À vos ordres. Nous étions donc parties, moi, Anissia Egorovna, Nénila, Tania...

— Bon, bon, je sais. Et après ?

— Laissez-moi vous raconter tout comme ça s'est passé[2]. Nous sommes donc arrivées juste pour le dîner. La pièce était pleine de monde. Il y avait des gens de Kolpino, de Zakharievo, la femme du commis avec ses filles...

---

1. Nastia (c'est-à-dire Anastasie) ressemble bien plus à une soubrette de comédie qu'à une confidente de tragédie. Ou faut-il comprendre que la soubrette est une parodie de la confidente ?   **2.** Honnête définition du prétendu réalisme.

— Bien, bien ! Et Berestov ?

— Un peu de patience. On s'est donc installés, la femme du commis à la place d'honneur et moi à côté d'elle... Ce qui a fait enrager ses filles mais je n'en avais rien à faire...

— Ah ! Nastia, tu me fais mourir avec tes détails !

— Comme vous voilà pressée ! Alors comme ça, nous sommes sorties de table... Nous y étions restés au moins trois heures, et le dîner était magnifique, il y a eu de la glace bleue, rouge et rayée... Alors comme ça nous sommes sorties de table et nous sommes allés au jardin jouer à colin-maillard, et c'est là que le jeune barine est arrivé.

— Alors ? C'est vrai qu'il est joli garçon ?

— Très. Magnifique, peut-on dire. Mince, grand, un teint superbe [1]...

— Ce n'est pas possible ? Et moi qui le croyais tout pâle. Eh bien, comment l'as-tu trouvé ? Il est triste, pensif ?

— Pas du tout ! Jamais je n'ai vu un homme aussi gai. Figurez-vous qu'il a voulu jouer à colin-maillard avec nous.

— À colin-maillard ? Impossible !

— Mais si, c'est possible et encore comment ! Et figurez-vous que chaque fois qu'il attrapait l'une de nous, il l'embrassait !

— Par ma foi, Nastia, tu mens.

— Par ma foi, je ne mens pas. J'ai eu toutes les peines du monde à me débarrasser de lui. Il a passé comme ça avec nous toute la journée.

— Mais ne dit-on pas qu'il est amoureux et qu'il ne veut regarder personne d'autre ?

— Ça je ne sais pas, mais moi il m'a regardée et même de trop près, et Tania aussi la fille du commis,

---

1. La servante et la maîtresse n'ont pas la même idée de la beauté masculine. La pâleur enchante la lectrice de romans ; mais celle qui chante des chansons à danser préfère les joues bien rouges.

et aussi Pacha de Kolpino ; Dieu me pardonne, il n'en a pas manqué une seule !

— Voilà qui est extraordinaire ! Et que dit-on de lui dans la maison ?

— Il paraît que c'est un brave garçon ; très bon, très gai. Le malheur, c'est qu'il est coureur. Mais ça à mon avis, ce n'est pas grave : ça lui passera avec l'âge.

— Comme j'aurais voulu le voir ! soupira Lisa.

— Rien de plus facile, voyons. Touguilovo n'est pas loin de nous, trois verstes pas plus ; allez vous promener de ce côté-là ou allez-y à cheval ; vous le rencontrerez sûrement. Tous les matins il prend son fusil et va à la chasse.

— Non, ça ne serait pas convenable. Il pourrait s'imaginer que je lui cours après. Et puis comme nos pères sont brouillés, je ne pourrais même pas faire sa connaissance ! Ah ! Nastia ! Sais-tu quoi ? Je vais me déguiser en paysanne !

— Ma foi oui ; mettez une chemise de grosse toile, un jupon et allez hardiment à Touguilovo. Je vous garantis que Berestov ne vous manquera pas.

— D'autant plus que je sais parfaitement parler comme on parle dans le pays. Ah Nastia, ma chère Nastia ! Quelle merveilleuse idée !

Et Lisa alla se coucher avec la ferme intention de mettre à exécution son joyeux projet.

Dès le lendemain, elle entreprit de mettre son plan en œuvre ; elle envoya acheter au marché de la grosse toile, de l'indienne bleue et des boutons de cuivre, avec l'aide de Nastia elle se coupa une chemise et un jupon, convoqua toutes les filles de la maison pour des travaux de couture, et le soir même tout était prêt. Lisa essaya son déguisement et dut bien reconnaître devant son miroir que jamais encore elle ne s'était trouvée aussi jolie. Elle répéta son rôle, saluant très bas tout en marchant, dodelinant de la tête comme ces jouets de terre cuite à figure de chat, parlant patois ; elle riait en se cachant le visage dans sa manche... Bref, elle mérita l'entière approbation de Nastia. Une seule chose la gênait : lorsqu'elle avait essayé de marcher pieds nus dans la cour, elle n'avait pu supporter ni les herbes piquantes ni les graviers. Mais, une fois encore, Nastia lui vint en aide : ayant pris la mesure du pied de Lisa, elle s'en fut à la recherche de Trophime le berger à qui elle commanda une paire de lapti[1].

Le lendemain, Lisa se réveilla aux petites heures de l'aube. Toute la maison dormait encore. Nastia, devant le portail, guettait le berger. On entendit son pipeau, et le troupeau du village défila devant la demeure sei-gneuriale. Trophime, en passant, remit à Nastia une paire de petits lapti bigarrés et reçut en récompense cinquante kopeks. Lisa, sans faire de bruit, s'habilla en paysanne ; à voix basse, elle donna à Nastia des instructions concernant Miss Jackson, puis s'en alla par les communs et, traversant le potager, gagna les champs.

L'aube illuminait l'orient ; des nuages en rangs dorés semblaient attendre le soleil, comme des courti-sans attendent le souverain ; le ciel pur, la fraîcheur matinale, la rosée, la brise et les chants d'oiseaux rem-plissaient le cœur de Lisa d'une félicité enfantine. Par crainte de rencontrer quelqu'un de connaissance, elle marchait si vite qu'elle semblait voler. En approchant de la futaie où finissaient les terres de son père, Lisa ralentit le pas. C'est ici qu'elle attendrait Alexeï. Son cœur battait très fort, elle se demandait pourquoi ; mais les frayeurs qui accompagnent les espiègleries de notre jeunesse n'en sont-elles pas le principal attrait ?

Une rumeur assourdie et changeante accueillit la jeune fille. Sa joyeuse humeur la quittait. Peu à peu, elle s'abandonna à une suave rêverie. Elle songeait... Mais sait-on exactement à quoi songe une demoiselle de dix-sept ans, seule dans un bosquet, à la naissance d'une matinée de printemps ? Elle avançait donc, rêveuse, sur un chemin ombreux bordé de grands arbres, quand soudain surgit un beau chien d'arrêt jap-

---

1. Les *lapti* sont des chaussures tressées en écorce de bouleau.

pant après elle. Effrayée, Lisa jeta un cri. Au même
instant, une voix se fit entendre :

— Tout beau, Sbogar [1], ici !... Ne crains rien, mon
enfant, mon chien ne mord pas.

Vite remise de sa frayeur, Lisa profita de la circonstance.

— J'ai tout de même peur, barine, dit-elle, feignant
tout à la fois la frayeur et la timidité. Ton chien a l'air
bien méchant ; il va encore me sauter dessus.

Cependant, Alexeï (le lecteur l'aura reconnu [2]) dévisageait la jeune paysanne.

— Si tu as peur je vais te reconduire, lui dit-il ; tu
permets que je te tienne compagnie ?

— Qui pourrait t'en empêcher ? Chacun est libre et
la route est à tout le monde.

— D'où es-tu ?

— De Priloutchino ; je suis la fille de Vassili le forgeron. J'allais aux champignons. (Lisa portait un petit
panier suspendu à une cordelette.) Et toi, barine, n'es-
tu pas de Touguilovo ?

— Si fait, répondit Alexeï ; je suis le valet de
chambre du jeune barine.

Alexeï voulait ainsi se mettre sur un pied d'égalité
avec elle. Mais Lisa le regarda et s'esclaffa.

— Tu mens, dit-elle. Pas si bête ! Je le vois bien
que tu es le barine lui-même.

— Tiens donc, qu'est-ce qui te fait croire cela ?

— Tout !

— Mais encore ?

— Comme si je ne savais pas reconnaître un barine
d'un domestique ! Tu n'es pas habillé comme nous ; tu
ne causes pas comme nous ; et ton chien a un nom
étranger.

Avec chaque instant qui passait, Alexeï trouvait Lisa

---

1. Sbogar est un nom romantique. C'est celui d'un héros de
Charles Nodier. « Tout beau, Sbogar » est en français dans le texte.
2. Variante du « car c'était lui » qui se rencontre dans les romans
d'aventures et les mélodrames.

de plus en plus à son goût. Habitué à traiter cavalièrement les jolies villageoises, il voulut l'enlacer ; elle recula précipitamment et prit un air guindé et froid qui égaya fort Alexeï mais l'empêcha de pousser plus avant ses entreprises.

— Si vous voulez que nous restions amis, surveillez un peu vos manières [1], fit-elle avec quelque hauteur.

— Qui donc t'a appris ces cérémonies ? demanda Alexeï en éclatant de rire. Serait-ce ma bonne amie Nastia, la femme de chambre de ta maîtresse ? Et voilà comment se propage l'instruction !

Lisa s'avisa qu'elle sortait de son rôle et se reprit aussitôt :

— Tu crois peut-être que je ne vais jamais chez les maîtres ? Je ne suis ni sourde ni aveugle. Mais, ce n'est pas de bavarder avec toi qui me remplira mon panier, dit-elle, passe ton chemin, barine, et laisse-moi partir. Adieu !

Lisa voulut s'éloigner mais Alexeï la retint par la main.

— Comment t'appelles-tu, ma petite âme [2] ?

— Akoulina, répondit Lisa en s'efforçant de libérer sa main. Lâche-moi donc, barine, il est temps que je rentre.

— Eh bien, ma chère petite, je ne manquerai pas d'aller voir ton père Vassili le forgeron.

— Tu n'y penses pas ! Au nom du Ciel, ne fais pas cela ! s'écria Lisa avec vivacité. Si on apprenait chez moi que j'ai bavardé avec un barine dans les bois, il m'arriverait malheur : mon père me rosserait à mort.

— Mais je veux absolument te revoir.

— Eh bien je reviendrai chercher des champignons par ici.

— Quand donc ?

— Demain, si tu veux.

---

1. L'héroïne oublie soudain de parler comme une paysanne.
2. « Ma petite âme », *doucha moïa*, allusion à l'épigraphe.

— Chère Akoulina, je t'embrasserais bien ; mais je n'ose pas. Alors, demain, à la même heure, c'est dit ?

— Oui, oui.

— Bien vrai ?

— Je te le promets.

— Jure-le.

— Je le jure, par le Vendredi saint.

Les jeunes gens se séparèrent. Lisa sortit du bosquet, traversa les champs, se glissa furtivement dans le jardin et à toutes jambes courut à la ferme où Nastia l'attendait. Elle se changea bien vite, ne répondant que distraitement aux questions de l'impatiente confidente [1], et entra dans la pièce où le déjeuner était servi. Miss Jackson, fardée et corsetée, préparait de fines tartines. Mouromski félicita Lisa pour sa promenade matinale.

— Il n'y a rien de meilleur pour la santé, dit-il, que de se lever avec le jour.

Et de citer quelques exemples de longévité, tirés de revues anglaises, tout en faisant remarquer que seuls vivaient plus que centenaires ceux qui ne buvaient jamais de vodka et se levaient avec l'aube, été comme hiver. Lisa ne l'écoutait pas. Elle revivait les détails de sa rencontre matinale, de la conversation d'Akoulina avec le jeune chasseur... Et le remords la tourmentait déjà. En vain se persuadait-elle que leur entretien n'avait en rien dépassé les bornes de la bienséance, que cette espièglerie ne pouvait avoir aucune suite : sa mauvaise conscience parlait plus haut que sa raison. Le rendez-vous du lendemain surtout l'inquiétait. Elle fut sur le point de faillir à son serment. Et si Alexeï, après l'avoir attendue en vain, se mettait à rechercher dans le village la fille du forgeron Vassili, la vraie Akoulina, cette grosse fille au visage grêlé, et s'il allait découvrir la supercherie ?... Cette pensée l'épouvanta,

---

1. Le mot « confidente » revient. La coloration ironique semble moins visible.

et elle décida qu'Akoulina se rendrait de nouveau le lendemain matin dans le petit bois.

Alexeï, de son côté, était dans le ravissement. Toute la journée il pensa à sa nouvelle amie. Et la nuit, l'image de la belle enfant brune[1] hanta ses rêves. Le soleil se levait à peine que déjà Alexeï était habillé de pied en cap. Sans prendre le temps de charger son fusil, il sortit avec son fidèle Sbogar et courut au lieu du rendez-vous. Près d'une demi-heure s'écoula dans une intolérable attente. Enfin, il entrevit à travers les fourrés un caraco bleu et se précipita au-devant de sa chère Akoulina. Celle-ci sourit devant ces transports de reconnaissance ; mais Alexeï lut aussitôt sur son visage des signes d'inquiétude et de tristesse. Il voulut en connaître la cause. Lisa lui avoua qu'elle se reprochait sa légèreté, qu'elle s'en repentait, que pour cette fois elle n'avait pas voulu manquer à sa parole, mais que ce rendez-vous serait le dernier, et qu'elle le priait de couper court à des rapports qui ne pouvaient conduire à rien de bon. Bien que tout ceci fût dit en patois, des sentiments et des pensées si rares chez une fille du peuple ne laissèrent pas de frapper Alexeï. Il déploya toute son éloquence pour détourner Akoulina de sa résolution ; il l'assura de l'innocence de ses propres intentions ; il lui promit de ne jamais l'entraîner à rien dont elle eût à se repentir et de lui obéir en tout, mais la conjura de ne pas le priver de son unique bonheur : la voir seule, ne fût-ce que tous les deux jours, ne fût-ce que deux fois par semaine. Il parlait le langage de la vraie passion et, en cet instant, il était réellement amoureux. Lisa l'écoutait en silence.

— Promets-moi, lui dit-elle enfin, de ne jamais me chercher dans le village, de ne jamais interroger personne sur mon compte. Promets-moi de ne pas me

---

1. Entendez que la demoiselle a le teint hâlé comme une paysanne. Il n'est pourtant pas dit qu'elle se soit maquillée. Mais ce détail justifie la scène où elle se met du blanc pour ne pas être reconnue (voir p. 172).

demander de rendez-vous hormis ceux que je te fixerai moi-même.

Alexeï voulut jurer par le Vendredi saint, mais elle l'arrêta en souriant :

— Je n'ai pas besoin d'un serment, ta parole me suffit.

Puis ils s'entretinrent amicalement en se promenant dans les bois jusqu'au moment où Lisa déclara : « Il est temps. » Ils se quittèrent. Resté seul, Alexeï se demanda comment une simple petite villageoise, rencontrée deux fois seulement, avait pu prendre sur lui un tel empire. Ses relations avec Akoulina gardaient encore pour lui le charme de la nouveauté ; et bien que les exigences de l'étrange paysanne lui parussent bien rigoureuses, il ne songea pas un instant à manquer à sa promesse. C'est aussi que, malgré la bague fatale, malgré sa correspondance mystérieuse, malgré ses airs sombres et désenchantés, Alexeï était un garçon bon et ardent, au cœur pur, sensible au charme de l'innocence.

Si je n'écoutais que mon inclination naturelle, je ne manquerais point de décrire en détail les rencontres des jeunes gens, leur penchant mutuel et leur confiance grandissante, leurs passe-temps, leurs causeries, mais je sais pertinemment que la plupart de mes lecteurs ne partageraient pas mon plaisir. Ces descriptions, généralement, paraissent fades ; je prendrai donc le parti de les omettre et dirai seulement qu'au bout de deux mois à peine Alexeï était éperdument amoureux. Lisa, bien que plus réservée, n'était pas moins éprise. Tous deux jouissaient du présent et songeaient peu à l'avenir. La pensée de liens indissolubles traversait souvent leur esprit ; mais ils n'en parlaient jamais. La raison en est claire. Alexeï, malgré tout son attachement, ne pouvait oublier la distance qui le séparait d'une simple paysanne ; quant à Lisa, elle connaissait trop la haine qui opposait leurs pères pour oser espérer un accommodement[1]. Ajoutons que son amour-propre se trouvait

_____

1. Les hasards de la narration vont supprimer sans peine ces deux obstacles affreux.

secrètement piqué par un obscur et romanesque espoir
de voir enfin le seigneur de Touguilovo aux pieds de
la fille du forgeron de Priloutchino. Un événement
considérable faillit subitement bouleverser leurs rapports.

Par une matinée claire et froide (comme celles dont
notre automne russe est prodigue), Ivan Petrovitch
Berestov sortit à cheval pour une promenade ; il emme-
nait avec lui, à tout hasard, trois paires de lévriers, un
piqueur et plusieurs gamins munis de crécelles. De son
côté, Grigori Ivanovitch Mouromski se laissa séduire
par le beau temps ; ayant fait seller sa jument anglaise,
il partit au trot pour faire le tour de ses domaines. Il
approchait du bois lorsque parut son voisin, vêtu d'une
casaque doublée de renard, fier et droit en selle, dans
l'attente du lièvre que les cris et les crécelles des
gamins devaient débusquer. Si Grigori Ivanovitch
l'avait vu d'assez loin, il aurait assurément tourné bride
pour éviter cette rencontre. Mais il tomba sur Berestov
inopinément. Celui-ci se trouva tout à coup à portée de
pistolet[1]. Il n'y avait plus à reculer. Mouromski, en
Européen civilisé, s'approcha de son ennemi et lui fit
un salut courtois. Le salut que lui rendit Berestov avait
autant de bonne grâce que celui d'un ours docile aux
ordres de son montreur. Au même instant, un lièvre
débaula du bois et détala à travers champ ; Berestov et
son piqueur donnèrent de la voix et, lâchant les chiens,
s'élancèrent au galop. La jument de Mouromski, qui
n'avait jamais pris part à une chasse, eut peur et s'emballa. Mouromski se flattait d'être un excellent cavalier. Il rendit donc la main, ravi dans son for intérieur
du hasard qui le délivrait d'une rencontre désagréable.
Mais la jument, devant un fossé qu'elle n'avait pas
aperçu, fit un écart et Mouromski, désarçonné, tomba
lourdement sur la terre gelée. Il resta là, étendu, mau-
dissant sa jument qui, sitôt qu'elle se sentit sans cavalier, s'arrêta. Ivan Petrovitch accourut au galop et

---

1. Quelques dizaines de mètres tout au plus.

demanda à Grigori Ivanovitch s'il n'était pas blessé. Le piqueur ramena par la bride la jument coupable et aida Mouromski à se remettre en selle. Berestov, cependant, insistait pour le ramener à Touguilovo. Mouromski, qui se sentait son obligé, ne put refuser. C'est ainsi que Berestov rentra couvert de gloire : il rapportait un lièvre et ramenait son ennemi blessé comme il eût fait d'un prisonnier de guerre. Pendant le déjeuner, la conversation se fit assez cordiale. Mouromski avoua que ses contusions l'empêcheraient de remonter à cheval et, pour rentrer chez lui, demanda à Berestov une voiture. Berestov l'accompagna jusqu'au perron et Mouromski ne partit qu'après avoir fait solennellement promettre à son voisin de venir dîner le lendemain à Priloutchino avec Alexeï Ivanovitch, en ami. C'est ainsi qu'une inimitié ancienne et profondément enracinée prit fin, grâce à l'humeur ombrageuse d'une jument anglaise [1].

Lisa accourut au-devant de Grigori Ivanovitch.

— Qu'est-ce qu'il y a, papa ? Mais vous boitez ! s'écria-t-elle avec étonnement. Où est votre cheval ? À qui est cette voiture ?

— Voilà ce que tu ne devineras jamais, *my dear*, lui répondit Grigori Ivanovitch, et il lui conta son aventure.

Lisa n'en croyait pas ses oreilles. Sans lui laisser le temps de se ressaisir, Grigori Ivanovitch lui annonça qu'il attendait les deux Berestov à dîner pour le lendemain.

— Qu'est-ce que vous dites ? s'écria Lisa en pâlissant. Les Berestov, le père et le fils, à dîner chez nous, demain ! Non, non, papa ! Vous ferez ce que vous voudrez, quant à moi je ne me montrerai pour rien au monde !

— Es-tu devenue folle ? répliqua le père. Tu n'es pourtant pas si timide... Ou bien aurais-tu hérité de ma

---

1. Petite cause, grands effets. Il n'est pas question de destin, comme dans les tragédies, mais de coïncidences fortuites.

haine, comme une héroïne de roman[1] ? Allons, pas
d'enfantillages !...

— Non, papa ! Pour tout l'or du monde, je ne paraî-
trai pas devant eux !

Grigori Ivanovitch haussa les épaules et cessa de
discuter. Il connaissait l'esprit de contradiction de sa
fille et, sachant que rien ne la ferait céder, il alla se
reposer de cette mémorable aventure.

Lizaveta Grigorievna se retira dans sa chambre et fit
venir Nastia. Toutes deux épiloguèrent longuement sur
cette visite du lendemain. Que penserait Alexeï s'il
venait à reconnaître dans la fille du barine son Akoulina ? Que penserait-il de sa conduite et de son bon
sens ? Et pourtant, quel amusement ce serait d'observer
sur Alexeï l'effet d'une révélation aussi surprenante !

— J'ai une idée merveilleuse ! s'écria Lisa.

Elle en fit part à Nastia ; toutes deux s'en amusèrent
et résolurent de la mettre à exécution. Le lendemain, à
déjeuner, Grigori Ivanovitch demanda à sa fille si elle
était toujours décidée à ne pas se montrer aux
Berestov.

— Puisque vous le désirez tant, répondit Lisa, je les
recevrai ; mais à une condition : de quelque façon que
je me présente, et quoi que je fasse, promettez-moi de
ne point me gronder et de ne manifester ni surprise ni
mécontentement.

— Encore quelque gaminerie, fit Grigori Ivanovitch
en riant ; mais soit ! j'y consens. Fais ce que tu vou-
dras, ma petite diablesse[2].

Il baisa sa fille au front et celle-ci courut se préparer.

À deux heures précises, une calèche de fabrication
rustique, attelée de six chevaux, entra dans la cour
d'honneur et contourna la pelouse d'un vert généreux.

---

1. On ne peut pas traduire autrement que par « héroïne de
roman », mais le russe dit, littéralement, « héroïne romanesque »,
en reprenant le mot qui se retrouve si souvent dans les *Récits*.
2. Littéralement : « polissonne aux yeux noirs ».

Le vieux Berestov gravit les marches du perron avec l'assistance de deux valets de pied. Aussitôt après, son fils arriva à cheval et entra avec eux dans la salle à manger où la table était déjà dressée. Mouromski reçut ses voisins on ne peut plus aimablement, leur proposa de visiter avant le déjeuner le jardin et la ménagerie, et les guida dans les allées soigneusement balayées et sablées. Dans son for intérieur, le vieux Berestov regrettait que tant de travail et de temps eussent été gaspillés pour des lubies, mais il se taisait par politesse. Son fils ne partageait ni le mécontentement du hobereau économe, ni l'infatuation de l'anglomane ; il attendait avec impatience l'apparition de la fille de la maison dont il avait beaucoup entendu parler, et quoique son cœur, comme nous le savons maintenant, fût déjà occupé, une jeune beauté avait toujours des droits sur son imagination.

De retour au salon ils s'assirent tous les trois : les anciens évoquaient le bon vieux temps et l'époque où ils servaient dans l'armée ; quant à Alexeï, il méditait sur le rôle qu'il lui conviendrait de jouer en présence de Lisa. Il arrêta qu'un air de froideur distraite conviendrait le mieux et se prépara en conséquence.

La porte s'ouvrit, il tourna la tête avec tant d'indifférence, tant d'orgueilleuse nonchalance que le cœur de la coquette la plus endurcie aurait dû frémir. Par malheur, au lieu de Lisa ce fut la vieille Miss Jackson qui entra, couverte de blanc, sanglée dans son corset, les yeux baissés ; elle fit une petite révérence et la merveilleuse manœuvre stratégique d'Alexeï se trouva inutile. À peine s'était-il ressaisi que la porte s'ouvrit derechef laissant cette fois-ci entrer Lisa. On se leva ; le père fit les présentations mais s'arrêta subitement et se mordit la lèvre... Lisa, sa brune Lisa, le visage enduit de blanc jusqu'aux oreilles et les yeux plus fardés encore que ceux de Miss Jackson, s'était affublée d'une perruque aux boucles blondes et crêpées à la Louis XIV, beaucoup plus claires que ses propres

cheveux ; un corsage aux manches à l'imbécile [1], raide
comme les paniers de Madame de Pompadour, lui faisait une taille de guêpe ; à ses doigts, à son cou, à ses
oreilles, scintillaient tous les diamants de sa mère non
encore engagés au mont-de-piété [2]. Comment Alexeï
aurait-il pu reconnaître son Akoulina dans cette demoiselle scintillante et ridicule ? Le vieux Berestov lui
baisa la main [3] ; Alexeï suivit son exemple à contre-
cœur. Lorsque ses lèvres effleurèrent les menus doigts
blancs, il lui sembla bien que ceux-ci tremblaient. Il
remarqua un petit pied chaussé avec toute la coquetterie possible et que l'on avançait à dessein ; ce petit
pied le réconcilia quelque peu avec le reste de l'accoutrement. Quant aux fards, Alexeï, dans la simplicité de
son cœur, ne les remarqua même pas.

Grigori Ivanovitch, prisonnier de sa promesse, s'efforçait de ne pas trahir sa stupeur ; mais l'espièglerie
de sa fille lui parut si divertissante qu'il eut peine à se
contenir. La vieille Anglaise guindée ne riait guère.
Elle se doutait bien que les fards avaient été dérobés
dans sa commode, et tout le blanc de ses joues ne par-
vint pas à couvrir la rougeur de son violent dépit. Elle
jetait des regards courroucés sur la jeune écervelée qui
n'en avait cure et qui remettait toute explication à plus
tard. On se mit à table. Alexeï continuait à jouer son
rôle d'indifférent et de rêveur. Lisa minaudait, ne parlait que français et du bout des lèvres, avec une lenteur

---

1. En français dans le texte. Il s'agit de « manches très amples,
fermées au poignet et dans lesquelles on mettait des petits plombs
à la hauteur du coude pour les faire pendre » (Littré). À lui tout
seul, ce détail d'accoutrement ne semble pas connoter l'idée de
mode surannée. Mais Louis XIV, Madame de Pompadour et ses
« paniers » renvoient évidemment à une époque reculée.   2. On
se souvient que Mouromski est en passe de se ruiner. Il a emprunté
de l'argent en hypothéquant son domaine et en engageant les bijoux
de sa défunte femme.   3. En Europe orientale, il est tout à fait
poli de baiser la main des demoiselles. En Europe occidentale, on
réservait le baisemain aux femmes mariées.

affectée. Son père la dévisageait sans cesse, ne parvenant pas à comprendre la raison de cette comédie, au demeurant fort amusé. L'Anglaise enrageait en silence. Seul Ivan Petrovitch était tout à fait à son aise. Il mangeait comme quatre, buvait ferme, s'esclaffait à ses propres saillies, de plus en plus hilare et cordial. Enfin, on se leva de table ; les invités prirent congé et Grigori Ivanovitch put donner libre cours à son amusement et à ses questions.

— Veux-tu me dire à quoi rime cette mascarade ? demanda-t-il à Lisa. Pour ce qui est du blanc, il te va à ravir ; je n'ai pas à percer les secrets de la coquetterie féminine, mais si j'étais toi j'en mettrais toujours... Peut-être un peu moins tout de même.

Lisa s'applaudissait du succès de son stratagème. Elle embrassa son père, lui promit de réfléchir à son conseil et courut apaiser Miss Jackson ; celle-ci, fort irritée, fit beaucoup de façons avant de consentir à ouvrir sa porte et à prêter l'oreille à ses explications ; Lisa avait honte de laisser voir à des étrangers son teint mat [1]... Elle n'avait pas osé demander... Mais elle était bien sûre que la bonne, la chère Miss Jackson, lui pardonnerait, et cætera, et cætera. Miss Jackson, qui avait craint que Lisa n'eût cherché à la tourner en ridicule, se calma, l'embrassa et, en gage de réconciliation, lui fit cadeau d'un petit pot de blanc anglais, que Lisa accepta avec les marques de la plus vive reconnaissance.

Le lecteur aura deviné que le lendemain matin Lisa se garda bien de manquer le rendez-vous du boqueteau.

— As-tu été chez nos maîtres hier ? demanda-t-elle aussitôt à Alexeï. Que penses-tu de notre demoiselle ?

Alexeï répondit qu'il n'y avait pour ainsi dire pas fait attention.

— C'est dommage, répliqua Lisa.

---

1. Peut-être la belle Lisa a-t-elle réellement le teint hâlé. Mais la narration ne prend pas parti sur ce point, et laisse les personnages libres de leurs interprétations.

— Pourquoi donc ? demanda Alexeï.

— Parce que j'aurais voulu te demander si on a raison de dire...

— Et que dit-on ?

— A-t-on raison de dire que je ressemble à Mademoiselle ?

— Quelle sottise ! Mais à côté de toi, c'est un monstre.

— Ah ! barine, tu as tort de dire cela ! Notre demoiselle est si blanche[1], si élégante ! Tandis que moi...

Alexeï lui jura ses grands dieux qu'elle était plus belle que toutes les demoiselles imaginables, fussent-elles les plus blanches, et pour la rassurer tout à fait lui décrivit sa maîtresse sous des traits si ridicules que Lisa éclata de rire de très bon cœur.

— Et pourtant, fit-elle avec un gros soupir, Mademoiselle prête peut-être à rire, il n'empêche qu'à côté d'elle je ne suis qu'une sotte, qui ne sait ni lire ni écrire.

— Voilà une belle raison de s'affliger, dit Alexeï. D'ailleurs si tu y tiens, je suis prêt à t'apprendre à lire et à écrire sur-le-champ.

— Et pourquoi pas ? dit Lisa. Pourquoi ne pas essayer ?

— À ton aise, ma bonne amie ; commençons tout de suite si tu veux.

Ils s'assirent. Alexeï tira de sa poche un crayon et un carnet, et Akoulina apprit l'alphabet avec une surprenante rapidité. Alexeï ne se lassait pas d'admirer son intelligence. Le lendemain matin, elle exprima le désir d'essayer d'écrire : d'abord, le crayon ne lui obéit pas, mais au bout de quelques instants elle réussit à tracer des lettres assez correctement.

---

1. Dans les chansons populaires, il arrive que la beauté féminine soit blanche. En général elle est plutôt blanche et rouge, « sang et lait », comme les poupées russes.

— Quel miracle ! s'exclama Alexeï, nos leçons progressent plus vite qu'avec le système de Lancaster[1].

Et de fait, dès la troisième leçon, Akoulina arrivait à épeler *Nathalia fille de boyard*[2], entrecoupant sa lecture de remarques qui plongeaient Alexeï dans une stupéfaction ravie, et elle avait couvert toute une feuille d'aphorismes empruntés à ce récit[3].

Une semaine passa et une correspondance s'établit entre eux. Un bureau de poste fut installé au creux d'un vieux chêne. Nastia remplissait en secret l'office de facteur. Alexeï y apportait des lettres écrites en gros caractères et y trouvait sur un papier bleu assez grossier les gribouillages de sa bien-aimée. Akoulina, selon toute apparence, s'accoutumait à un discours plus châtié et son esprit se développait et se polissait à vue d'œil.

Entre-temps, les relations nouvellement établies entre Ivan Petrovitch Berestov et Grigori Ivanovitch Mouromski se resserraient de plus en plus et se transformèrent bientôt en amitié, voici dans quelles circonstances : il arrivait à Mouromski de songer qu'à la mort d'Ivan Petrovitch tout son domaine irait à Alexeï Ivanovitch ; que dans ce cas, Alexeï Ivanovitch deviendrait l'un des plus riches propriétaires de la province et qu'il n'avait aucune raison de ne pas épouser Lisa. De son côté, Berestov, quoique reconnaissant chez son voisin certaines extravagances (ou, comme il s'exprimait, des lubies britanniques), ne lui déniait pas certaines qualités, comme par exemple son extraordinaire

---

1. Système inventé par le pédagogue Joseph Lancaster (1778-1838). On note que c'est un système anglais. La fille de l'anglomane a trouvé une meilleure méthode. 2. Nouvelle historique de Nikolaï Mikhaïlovitch Karamzine (1766-1826), le plus grand prosateur russe au début du siècle, auteur en particulier d'une importante *Histoire de l'Empire russe*. 3. Technique de lecture habituelle à l'époque classique : on extrait du texte des sentences, maximes ou aphorismes que l'on pourra replacer dans la conversation, dans une lettre...

habileté en affaires[1] : Grigori Ivanovitch était un proche parent du comte Pronski, personnage de haut lignage et très puissant ; le comte pouvait être fort utile à Alexeï et Mouromski (c'est du moins ce que pensait Ivan Petrovitch) serait sans doute heureux de marier sa fille de façon aussi avantageuse. À force de méditer la chose chacun de son côté, les deux hommes finirent par s'en ouvrir l'un à l'autre, s'embrassèrent et se promirent de tout arranger, pour aussitôt entreprendre le nécessaire, chacun de son côté encore une fois.

La tâche de Mouromski n'était pas facile : il lui fallait persuader sa Betsy de faire plus ample connaissance avec Alexeï, qu'elle n'avait pas revu depuis le fameux dîner. Il semblait qu'ils ne se fussent guère plu l'un l'autre ; à tout le moins Alexeï n'était-il jamais revenu à Priloutchino, et Lisa se retirait dans sa chambre chaque fois qu'Ivan Petrovitch les honorait de sa visite. Mais, se disait Grigori Ivanovitch, si Alexeï vient me voir tous les jours, Betsy finira bien par tomber amoureuse de lui. C'est dans l'ordre des choses. Le temps arrangera tout. Ivan Petrovitch était non moins soucieux du succès de ces projets. Le même soir, il convoqua son fils dans son cabinet de travail, alluma sa pipe et lui demanda, après un petit silence :

— Dis-moi, Alexeï, voilà bien longtemps que tu ne parles plus de service dans l'armée ? Est-ce que l'uniforme des hussards aurait perdu son charme pour toi ?

— Non, mon père, répondit respectueusement Alexeï, mais comme il ne vous plaît pas que je me fasse hussard, mon devoir est de vous obéir.

— Fort bien, répondit Ivan Petrovitch, je vois que tu es un fils obéissant ; cela m'est agréable ; je ne voudrais pas te faire violence et je ne t'oblige pas à entrer immédiatement dans l'administration, mais en attendant j'ai bien l'intention de te marier.

---

1. On s'étonne, quand on sait comment Mouromski se ruine. Mais il faut se rappeler que l'art d'hypothéquer ses terres passe alors pour une manifestation de suprême débrouillardise.

— Avec qui mon père ? demanda Alexeï éberlué.

— Avec Lizaveta Grigorievna Mouromskaïa, répondit Ivan Petrovitch. On aurait peine à trouver un meilleur parti, n'est-il pas vrai ?

— Mais, mon père, je ne songe pas encore au mariage.

— Tu n'y songes pas... Eh bien, moi, j'y ai songé pour toi, et j'ai tout décidé.

— Sauf votre respect, mon père, Lisa Mouromskaïa ne me plaît pas du tout.

— Elle te plaira plus tard. Avec le temps, ces choses-là s'arrangent parfaitement.

— C'est que je ne me sens pas capable de la rendre heureuse.

— Heureuse, la belle affaire ! Est-ce ainsi que tu réponds à la volonté paternelle ? C'est ce que nous allons voir !

— Comme il vous plaira mon père, mais je ne veux pas me marier et je ne me marierai point.

— Tu te marieras ou bien je te maudirai et par ma foi, je vendrai le domaine, je le mangerai, et je ne te laisserai pas un sou ! Je te donne trois jours pour réfléchir et, d'ici là, que je ne te voie plus.

Alexeï savait trop bien que, si son père se mettait une idée en tête, il était impossible de l'en chasser, même avec un clou, suivant l'expression de Taras Skotinine[1] ; mais Alexeï tenait de son père en ceci qu'il était tout aussi difficile de le faire changer d'avis. Il se retira donc dans sa chambre pour se livrer à des réflexions sur les limites du pouvoir paternel, sur Lizaveta Grigorievna, sur la promesse solennelle de son père de le réduire à la mendicité, et enfin sur Akoulina. Pour la première fois, il lui apparaissait à l'évidence qu'il était passionnément épris ; l'idée romanesque d'épouser une paysanne et de vivre de son travail le visita, et plus il y pensait, plus il y trouvait de pertinence.

---

1. Voir la note 1, p. 67.

Depuis quelque temps, les rendez-vous dans le bois avaient été suspendus pour cause de mauvais temps. Il écrivit à Akoulina une lettre de sa plus belle écriture et de son style le plus fougueux, lui annonçant le malheur qui les menaçait et lui offrant sa main. Il porta sa lettre à la poste dans le creux du chêne et alla se coucher fort content de lui-même. Le lendemain, Alexeï, plus ferme que jamais dans sa résolution, se rendit de bon matin chez Mouromski pour avoir avec lui une franche explication. Il espérait piquer sa générosité et le gagner à sa cause.

— Grigori Ivanovitch est-il chez lui ? demanda-t-il en arrêtant son cheval devant le perron de la demeure de Priloutchino.

— Non, Monsieur, répondit le domestique. Grigori Ivanovitch est sorti ce matin de bonne heure.

« Quel dommage ! » pensa Alexeï.

— Au moins, Lizaveta Grigorievna est-elle à la maison ?

— Oui, Monsieur.

Alexeï mit pied à terre, jeta la bride aux mains du valet et entra sans se faire annoncer.

« Advienne que pourra, se disait-il en s'approchant du salon, c'est avec elle-même que je m'expliquerai. »

Il entra donc... Et demeura stupide. Lisa... Non : Akoulina, sa chère, sa brune Akoulina, non plus en caraco mais en petite robe blanche du matin, assise auprès de la fenêtre, lisait sa lettre. Elle était si absorbée par sa lecture qu'elle ne l'entendit pas entrer. Alexeï ne put retenir une exclamation de joie. Lisa tressaillit, jeta un cri ; elle allait s'enfuir quand, s'élançant vers elle, Alexeï la retint :

— Akoulina ! Akoulina...

— Mais laissez-moi donc, monsieur, mais êtes-vous fou[1] ? s'écria-t-elle en essayant de se dégager.

_____

1. En français dans le texte. La demoiselle n'est donc plus paysanne.

— Akoulina ! Akoulina ma chérie ! balbutia Alexeï en lui baisant les mains.

Miss Jackson, témoin de cette scène, ne savait que penser.

À cet instant, la porte s'ouvrit laissant entrer Grigori Ivanovitch.

— Hé, hé ! fit Mouromski, l'affaire me paraît en excellente voie...

Le lecteur m'épargnera, je pense, l'inutile devoir de lui conter le dénouement.

ORIENTATIONS BIBLIOGRAPHIQUES

ŒUVRES DE POUCHKINE EN TRADUCTION FRANÇAISE

Œuvres complètes, publiées par André Meynieux.

Tome premier. Drames, romans, nouvelles.
Première édition : Paris, André Bonne, 1953.
Deuxième édition : Lausanne, L'Âge d'homme,
1973.
(Édition intégrale des textes de fiction en prose
et des textes dramatiques. Les textes dramatiques
sont traduits en prose.)

Le tome second n'a jamais paru ; il devait
comprendre les poésies lyriques.

Tome troisième. Autobiographie, critique, correspondance.
Première édition : Paris, André Bonne, 1958.
Deuxième édition : Lausanne, L'Âge d'homme,
1977.

Œuvres poétiques, publiées sous la direction d'Efim
Etkind. Lausanne, L'Âge d'homme, 1981. Deux
volumes.
(L'éditeur présente à juste titre cet ouvrage
comme le deuxième tome des *Œuvres complètes*,
dont il a repris la publication. La méthode de traduction a changé. On traduit en vers, et en vers
rimés lorsque l'original comporte des rimes.
L'ouvrage ne prétend pas être complet, mais il

met enfin sous les yeux des lecteurs français les
œuvres essentielles de Pouchkine.)

Poésies, traduction, choix et présentation de Louis
Martinez. Paris, Gallimard (Poésie/Gallimard), 1994.
(Un grand choix de poésies lyriques, les petites
tragédies et le poème *Le Cavalier d'airain*. Traduction en vers libres.)

La Dame de pique et autres récits, traductions de Gus-
tave Aucouturier, André Gide et Jacques Schiffrin.
Paris, Gallimard (Folio), 1974.
(Comprend *Les Contes de Bielkine, La Dame de
pique* et le roman, inachevé, *Doubrovski*.)

Eugène Onéguine, traduction J.-L. Backès, Paris, Gallimard (Folio), 1995.
(Traduction en vers sans rimes.)

Griboïedov, Pouchkine, Lermontov, *Œuvres*. Paris,
Gallimard (Pléiade), 1973.
(On trouve en particulier dans ce livre la tragédie
Boris Godounov et *L'Histoire de Pougatchov*. On
y trouve aussi la comédie de Griboïedov *Le Malheur d'avoir trop d'esprit*, que Pouchkine cite
souvent.)

OUVRAGES EN FRANÇAIS SUR POUCHKINE

Henri Troyat, *Pouchkine*, nouvelle édition augmentée,
Paris, Perrin, 1976.
(La première édition [Paris, Albin Michel] date
de 1946.)

Émile Haumant, *Pouchkine*, Paris, Didier, 1911.

André Lirondelle, *Pouchkine*, Paris, La Renaissance du
livre, 1926.
(L'étude est suivie d'un choix de textes.)

Jean-Louis Backès, *Pouchkine*, Paris, Seuil, 1966.
(L'étude est suivie d'un choix de poésies lyriques.)

Abram Tertz (André Siniavski), *Promenades avec Pouchkine*, traduit par Louis Martinez, Paris, Seuil, 1976.

Marina Tsvétaïeva, *Mon Pouchkine*, suivi de *Pouchkine et Pougatchov*, traduction André Markowicz, Paris, Clémence Hiver, 1987.

Aleksandr Puškin, 1799-1837. Numéro spécial de la *Revue des études slaves*, tome cinquante-neuvième, fascicule 1-2, Paris, 1987.

Jean-Louis Backès, *Pouchkine*, Paris, Hachette, 1996.
(L'étude est suivie d'un dossier critique.)

N.B. On trouvera le livret de *La Dame de pique*, opéra de Tchaïkovski, dans : *Livrets d'opéra*, édition bilingue établie par Alain Pâris. Paris, Laffont, 1991.

N.B. Il peut être utile à la salubrité publique d'indiquer qu'un éditeur sans scrupule a mené grand tapage autour d'un prétendu *Journal secret* de Pouchkine (Paris, Sortilèges, 1994), faux grossier dans tous les sens du terme.

CHRONOLOGIE

Toutes les dates sont données en calendrier julien, alors en retard de douze jours sur le calendrier grégorien.

1799

26 mai : Naissance de Pouchkine. Famille d'aristocratie ancienne, en passe de se ruiner tout à fait.

1811

19 octobre : Ouverture du lycée de Tsarskoïé Siélo. Pouchkine fait partie de la première promotion.

1814

Première publication d'un poème de Pouchkine : « À un ami poète », dans *Le Messager de l'Europe*, n° 13 (numéro paru le 4 juillet).

1815

8 janvier : Examen public au lycée. Pouchkine lit, devant le vieux poète Derjavine, ses *Souvenirs de Tsarskoïé Siélo*. Le vieillard l'embrasse et prophétise pour lui un grand avenir.

1817

9 juin : Sortie du lycée. Pouchkine est nommé fonctionnaire au collège des Affaires étrangères. Il mène joyeuse vie. Il fréquente des cercles frondeurs, et compose des vers qui déplaisent en haut lieu.

1820

26 mars : Pouchkine achève son poème en six chants *Rouslan et Ludmila*.

6 mai : Pouchkine quitte Pétersbourg. Il est nommé dans une province reculée. C'est un exil à peine déguisé.

1821

23 février : Pouchkine achève son poème *Le Prisonnier du Caucase*. Au printemps, il commence un nouveau poème : *La Fontaine de Bakhtchisaraï*.

1822

Fin août : Publication du *Prisonnier du Caucase*.

1823

9 mai : Pouchkine commence un « roman en vers », *Eugène Onéguine*.

Juin : Pouchkine est nommé à Odessa.

1824

Janvier : Pouchkine commence son poème *Les Tsiganes*.

10 mars : Publication de *La Fontaine de Bakhtchisaraï*.

Juillet : Pouchkine quitte Odessa et rejoint, le 9 août, son domaine de Mikhaïlovskoïé près de Pskov. Il est exclu du service et assigné à résidence.

10 octobre : Achèvement du poème *Les Tsiganes*.

Novembre : Début du travail sur la tragédie *Boris Godounov*.

1825

15 février : Publication du premier chapitre d'*Onéguine*. La préface déclare : « Voici le début d'un grand poème qui ne sera vraisemblablement pas achevé. » Les huit chapitres paraîtront un par un entre 1825 et 1832.

7 novembre : *Boris Godounov* est terminé. « Je l'ai relu à haute voix, seul, et j'ai battu des mains, et j'ai crié : Bravo, Pouchkine, sacré bougre ! »

14 décembre : À la suite de la mort du tsar Alexandre Ier, une insurrection a lieu à Pétersbourg ; les officiers qui la dirigent demandent une constitution ; le mouvement échoue ; il est suivi d'une répression brutale. Pouchkine connaît personnellement un grand nombre de conjurés. Il semble n'avoir pas été au courant du projet.

30 décembre : Publication du recueil *Poésies d'Alexandre Pouchkine* (99 poésies lyriques, dont 47 inédites).

1826

5 septembre : Pouchkine part pour Moscou. Le 8, il est reçu par le tsar Nicolas Ier. À la suite de cette entrevue, il est autorisé à séjourner à Moscou, et son œuvre est soustraite à la censure habituelle ; les autorisations de publier seront accordées, ou refusées, par le tsar lui-même.

1827

Mai : Pouchkine est autorisé à résider à Pétersbourg. Publication des *Tsiganes*.

Juillet-août : Travail sur le roman *Le Nègre de Pierre le Grand*, qui restera inachevé, mais dont quelques fragments seront publiés du vivant de leur auteur.

1828

5 avril : Pouchkine commence *Poltava*.

Octobre : Achèvement de *Poltava*.

1829

Fin mars : Publication de *Poltava*.

Mai : Publication des *Poésies* en deux volumes.

Mai-septembre : Voyage dans le Caucase et en Arménie.

1830

Automne à Boldino, domaine familial près de Nijni-Novgorod. Pouchkine s'y est rendu pour régler quelques affaires en prévision de son mariage proche. Il y est retenu par l'épidémie de choléra qui parcourra toute l'Europe (elle est en France en 1832) et par les barrières de quarantaine qu'on met en place pour la combattre. Pouchkine compose coup sur coup : *Le Marchand de cercueils* (achevé le 9 septembre) ; *Le Conte du pope et de son serviteur Balda* (composé le 13 septembre) ; *Le Maître de poste* (achevé le 14 septembre) ; *La Demoiselle paysanne* (achevé le 20 septembre) ; *Le Coup de pistolet* (achevé le 14 octobre) ; *La Tempête de neige* (achevé le 16 octobre) ; *La Petite Maison de Kolomna* (achevé le 9 octobre) ; *Le Chevalier avare* (achevé le 23 octobre) ; *Mozart et Salieri* (achevé le 26 octobre) ; *L'Invité de pierre* (achevé le 4 novembre) ; *Le Festin pendant la peste* (achevé le 6 novembre) ; *L'Histoire du village de Gorioukhino* (inachevé, inédit du vivant de Pouchkine ; le manuscrit porte les dates : 31 octobre et 1er novembre). Par ailleurs, le 25 septembre, Pouchkine estime avoir terminé *Eugène Onéguine* ; en fait, il ajoutera encore plusieurs vers.

Décembre : Publication de *Boris Godounov*.

1831

18 février : Mariage de Pouchkine avec Natalia Nikolaïevna Gontcharova.

29 août : Composition du *Conte du tsar Saltan*.

Fin octobre : Publication des *Récits de feu Ivan Petrovitch Belkine*, édités par A.P.

1832

Janvier : Publication du chapitre VIII d'*Eugène Onéguine*, avec en appendice des fragments d'un *Voyage d'Onéguine* qui est probablement resté inachevé.

Fin mars : Publication des *Poésies* de Pouchkine, troisième partie. On trouve dans ce volume le *Tsar Saltan*.

Octobre : Travail sur le roman inachevé *Doubrovski*.

1833

Janvier : Pouchkine commence à travailler à *La Fille du capitaine* et à l'*Histoire de Pougatchov*.

Mars : Édition complète en volume du roman en vers *Eugène Onéguine*.

Septembre : Voyage à Orenbourg et autres lieux pour procéder à une enquête historique sur la révolte de Pougatchov.

1er octobre : Arrivée à Boldino.

9-31 octobre : Composition du *Cavalier d'airain*. Le poème ne sera publié qu'après la mort du poète.

14 octobre : Composition du *Conte du pêcheur et du petit poisson*.

Octobre : Composition de *La Dame de pique*.

27 octobre : Pouchkine achève le poème *Angelo*, d'après la comédie de Shakespeare *Mesure pour mesure*.

4 novembre : Composition du *Conte de la princesse morte et des sept paladins*.

Décembre : Reprise du travail sur *Doubrovski*.

1834

Angelo est publié dans l'almanach *Novosiélié*.

Février : Publication de *La Dame de pique*, dans le *Cabinet de lecture*.

20 septembre : Composition du *Conte du coq d'or*. Recueil des récits en prose de Pouchkine ; sous le titre : « Récits édités par Alexandre Pouchkine », le recueil comprend les *Récits de Belkine* et *La Dame de pique*.

Décembre : Publication de l'*Histoire de Pougatchov*.

1835

Mai : Publication du *Conte du pêcheur et du petit poisson (Cabinet de lecture*, tome X).

Septembre : Publication du quatrième volume des *Poésies*.

Septembre-octobre : À Mikhaïlovskoïé, Pouchkine travaille à un fragment romanesque, « Les nuits égyptiennes », qui restera inachevé. Travail sur l'histoire de Pierre le Grand ; Pouchkine compulse les archives et amasse un matériau important.

1836

Pouchkine lance sa revue, *Le Contemporain*. Il aura le temps de publier quatre numéros (11 avril ; 30 juin ; fin septembre ; 11 novembre). On remarque, dans le troisième numéro, *Le Nez*, de Gogol.

La Fille du capitaine est publié dans le quatrième volume du *Contemporain*.

1837

Deuxième édition d'*Eugène Onéguine*.

Quelques jours après, Pouchkine est grièvement blessé en duel.

29 janvier : Mort de Pouchkine.

Table

Composition réalisée par NORD COMPO

Imprimé en France sur Presse Offset par

BRODARD & TAUPIN

GROUPE CPI

La Flèche (Sarthe).
N° d'imprimeur : 28171 – Dépôt légal Édit. 56342-05/2005
Édition 10
LIBRAIRIE GÉNÉRALE FRANÇAISE – 31, rue de Fleurus – 75278 Paris cedex 06.

ISBN : 2 - 253 - 03927 - 6   30/6214/8